http://www.bbulmedia.com

http://www.bbulmedia.com

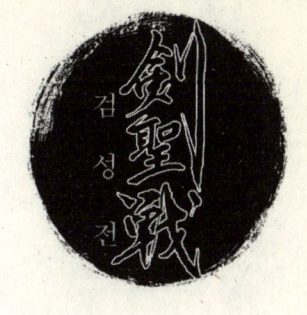

劍聖戰

검
성
전

劍聖戰

검 성 전

환유 신무협 장편 소설

현실과 이상

목차

1.
현실(現實)

"날 어쩌려고?"

"어쩌긴요?"

눈앞의 아름다운 여자아이는 한숨을 쉬었다.

"그대는 이제 나의 낭군이고, 나는 당신의 아내지요."

"……."

나, 태오 십오 세의 여름 한낮.

처음으로 강호행(江湖行)을 하면서 마주친 이 상황에 어찌해야 할지 모르고 탄식했다.

대체 어쩌다 이런 상황이 되었을까.

대체 어쩌다가!

2.
강호행(江湖行)

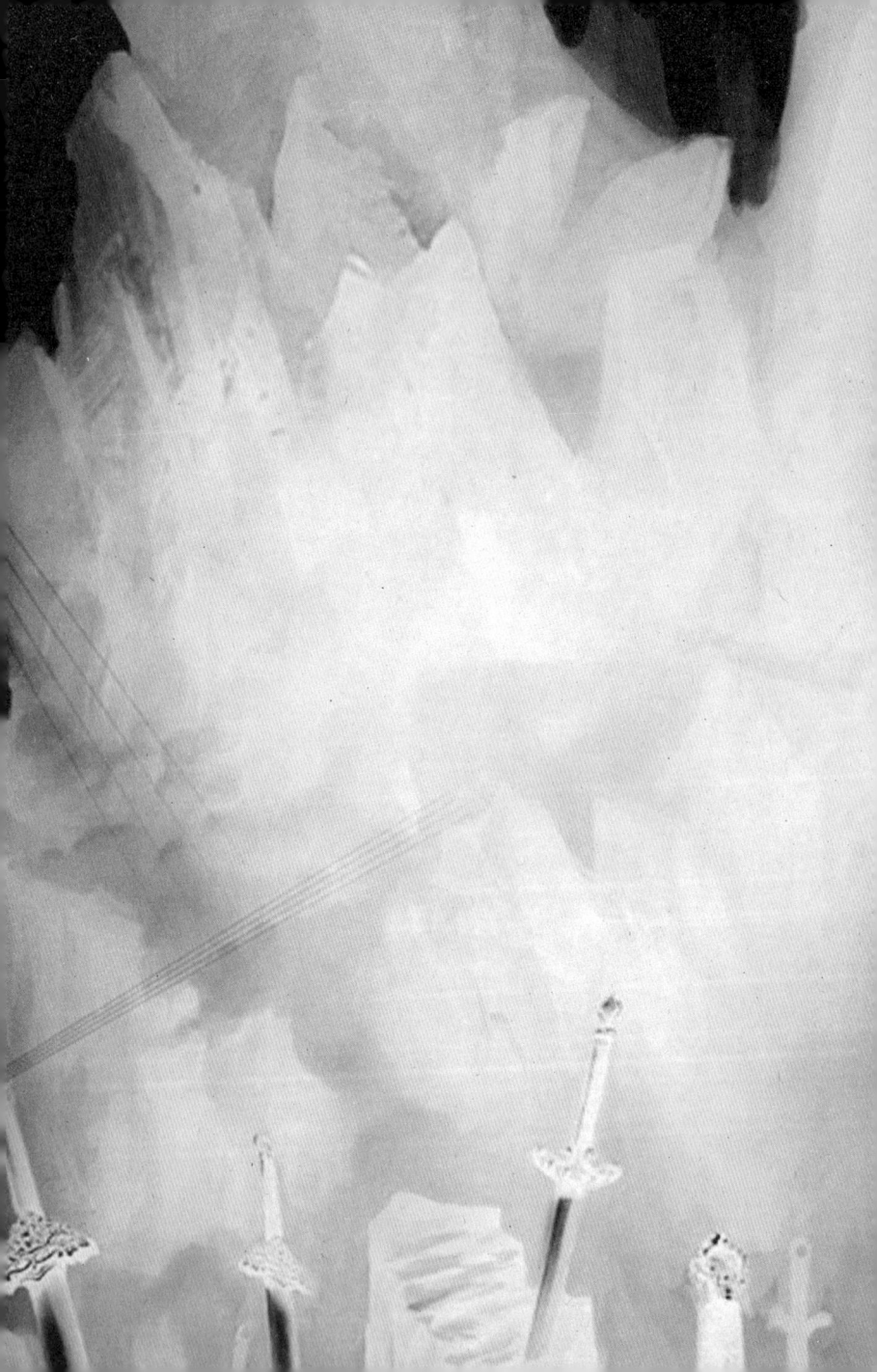

잠깐 예전 생각이 떠올랐다.

"강호(江湖)를 다닐 때의 주의점은 세 가지가 있다."

"네."

내가 유극문에서 반쯤 내쫓기듯 파문(破門)당하기 하루 전, 나의 사부인 성구몽 장로는 나를 불러놓고 조용히 말했다.

"첫째. 너랑 상관없는 일에 나서지 마라. 의협이니 뭐니 하면서 함부로 타 문파의 행사에 끼어들면 피곤해진다. 강하든 약하든 일개인과 단체가 싸우는 건 힘겨운 일이란 걸 명심해 둬라."

"그러죠."

일리 있는 말이라서 나는 고개를 주억거렸다.

무협소설에서야 주인공이 협을 실행하기 위해서 약자들을 도와주다가 강적을 연파하면서 명성을 얻지만, 실제로 나같은 어린애가 끼어들기엔 무리일 것이다.

나는 고작 열세 살일 뿐이라고.

"둘째. 너보다 세 보이는 녀석과 싸우지 마라. 너보다 약해 보이는 놈하고만 싸워라. 이게 제일 중요한 요령이라고 할 수 있다."

"네? 당연한 거 아닌가요?"

세 살 먹은 어린애도 알고 있는 일이다.

내가 황당해서 반문하자 성구몽 장로가 혀를 끌끌 찼다.

"쯧쯧, 강호를 다니다 보면 자존심과 목숨을 가늠하게 되는 순간이 온다. 이때 많은 무림인들이 '혹시냐' 하는 심정에 현혹되어서 승산 낮은 도박에 뛰어들지. 명예를 결코 쉽게 포기할 수 없다는 집념(執念)이라고 해야 할까."

"흐음."

"생각보다 꽤 어려운 일이다."

한숨을 내쉰 성구몽 장로는 하늘을 바라보며 중얼거렸다.

"머리로는 알고 있지만 실천을 하지 못해서 목숨을 버리는 놈들이 많다. 알겠느냐? 명예보다는 목숨이 무조건 먼저다! 명예 같은 건 나중에 종사(宗師)의 경지에 올라서 지켜야 할 게 너무 많을 때 챙겨도 늦지 않아."

"그렇군요."

어쩐지 요령이 갈수록 비굴해지고 있었지만 나는 도리어 만족했다.

무협소설에서 의협(義俠)은 질리도록 봐서 어떤 일인지 알고 있다. 성구몽 장로가 내게 현실적인 방안을 소개해 준다고 생각하니 기쁘기까지 했다.

성구몽 장로는 수통을 벌컥 들이키며 말했다.

"마지막. 신룡전(神龍戰)에 관계된 자를 목격하면 최대한 멀어지거나 도주해라. 어떤 신분의 어떤 인물이라고 해도, 지금 네 수준에서는 결코 감당할 수 없다. 도주할 수 있다면 네 녀석은 매우 운이 좋은 거라고 생각해도 좋다."

"대체…… 그 신룡전이 뭡니까?"

"중요하니까 내일 한 번 더 강조할 테지만, 절대 관계되지 마라."

성구몽 장로는 내 질문에 대답해 줄 생각이 없는 듯했지만, 눈빛은 간절했다. 나는 그 눈빛에서 본능적으로

'공포(恐怖)'라는 감정을 읽어 냈다. 그래서 나는 별말 하지 않고 넘어가기로 했다.

"아, 덤으로."

'거 참 말 많네.'

나는 속으로 짜증을 냈지만 성구몽 장로의 성격상 짜증을 받아 줄 리 만무하다. 문파를 떠나기 하루 전에 떡이 되게 맞기는 싫었기 때문에, 나는 조용히 닥치고 있기로 했다.

"여자 문제는 늘 조심해라. 네 녀석의 무공은 당금 강호에서 범상한 수준이 아니기 때문에 잡벌레들이 꼬여들텐데, 미혹(迷惑)에 빠지는 걸 늘 경계해라."

"네."

대답을 하면서도 나는 별 걱정이 되지 않았다. 여자가 대체 내 앞길에 무슨 문제가 된다는 것인가? 남녀 사이의 일을 모르는 것도 아니라서 걱정이 덜했다. 지금 당장은 책에서만 봤던 무협(武俠)이라는 세계로 뛰쳐나가는 데 대한 동경과 기대감이 더 컸다.

회상이 끝났다.

그리고 나는 다음 날 유극문을 떠나서 강호로 나왔다.

문파를 나서서 십 리 정도를 걸었을 무렵 해가 떴다.

나는 준비해 온 수통과 육포를 꺼내서 간단하게 요기를

하면서 생각했다.

'집에는 들르지 말랬지?'

문주나 장로들은 내게 악감정이 있어서 파문을 내려서 쫓아낸 게 아니다. 하지만 공식적으로는 파문을 내렸으니 나를 추적시켜야 한다. 적어도 두세 달 동안은 유극문 제자가 환령을 돌아다니면서 나를 찾아다닐 테니, 부모님을 뵈러 집에 가는 건 금물이었다.

'시간 나면 한 일 년쯤 있다가 얼굴 비추지 뭐.'

나는 가볍게 생각하며 일단 걸음을 옮겼다.

처음 길을 떠날 때부터 목적지는 정해 둔 참이라서 발걸음도 가벼웠다. 내가 현재 제일 가고 싶은 곳은 바로 호북성(湖北城)이다. 내게 처음으로 무협소설을 전파한 문사 형님이 거기서 하급 관리로 일하고 있기 때문이다.

가는 김에 문사 형님의 얼굴도 보고 맛있는 것도 얻어먹을 생각이었다.

어차피 유극문과 호북 무당파는 사이가 나빠서 유극문도들이 호북까지 찾아오지 않으리라는 생각도 있었다.

"우하하하!"

나는 기분 좋게 웃으면서 계속 산길의 소로를 따라서 걸어갔다.

이 근처 산길은 잘 알고 있어서, 이대로 십 리 정도만 더 가면 조그마한 마을이 나온다는 걸 알고 있다. 거기서 간단하게 점심을 먹은 후에 계속 호북으로 걸어가면 되는 것이다.

그때였다.

"어디를 가는 거지?"

"……."

내 앞에서 풀숲을 헤치면서 한 사람이 모습을 드러냈다. 익히 알고 있는 얼굴이라서 내 인상이 약간 구겨졌다. 나는 상대의 이름을 불렀다.

"어…… 저기…… 낙무(酪務) 사형이었습니까? 맞죠?"

"꼴에 이름은 기억하고 있군. 건방진 놈."

팔 척은 될 법한 큰 키에, 장검을 빗겨 찬 거구의 사내. 그는 내가 처음으로 유극문도들에게 인사하러 갔을 때 내게 시비를 건 낙무 사형이었다. 그때 이후로는 한 번도 얼굴을 본 적이 없었는데, 지금 이 자리에서 나타난 것이다.

낙무 사형이 팔짱을 끼며 대놓고 내 앞을 가로막았다.

"나는 숲에 있어서 못 봤는데, 네 녀석이 귀검 장문영을 쓰러뜨렸다고 들었다."

"네, 그런데요."

"흠…… 믿을 수가 없어."

그는 고개를 흔들더니 갑자기 장검을 꺼내서 소영검법

의 기수식을 잡았다. 예전에는 몰랐지만 지금 보니까 정말로 자세가 잘 닦여 있었다. 그 자체로 일류고수급이라고 해도 좋을 정도였다.

낙무는 분명히 평제자에 불과할 텐데 느껴지는 검경(劍經)이 대단했다.

'뭐야 이거? 원갑이라는 사범보다 더 세 보여⋯⋯.'

나는 속으로 중얼거리면서도 항의했다.

"무슨 짓입니까?"

"별거 아냐. 무단 외출은 결코 가만 놔둘 수가 없다. 장로님께 외출패를 받았느냐?"

"아니 그건 둘째치고, 딱 맞춰서 여기서 기다리는 게 말이 됩니까?"

나는 슬며시 약점을 피하면서 궁금했던 점을 물어보았다.

여기는 유극문 정문에서 십여 리(里)나 떨어진 곳이다. 게다가 새벽이 막 지난 시간이라서, 미리 내가 나간다는 걸 알고 기다리지 않으면 안 된다. 낙무가 이 자리에 나타날 이유가 없는 것이다.

낙무가 훗하고 웃었다.

"어제 너와 장로님께서 얘기하는 걸 들었다. 자세한 건 모르겠지만 네 녀석은 유극문에서 나갈 생각 같더군. 그래서 앞질러 와서 기다리고 있었을 뿐이다.”

“나를 왜 기다리는데요?”

“실력을 보고 싶으니까!”

낙무가 갑자기 이를 악물었다. 분한 듯한 음성이 입에서 터져 나왔다.

“나는 사 년 전에 유극문에 입문한 이래로 불철주야 노력하면서 검법과 외공을 수련했다! 지금은 사범보다 더 강하다고 자신할 수 있어. 그런데 네 녀석은 고작 한 달만에 천하에서 손꼽히는 검호(劍豪)를 쓰러뜨리다니…… 말이나 되는 소리냐!”

“…….”

낙무의 표정에 약간의 서늘함이 서렸다.

“크게 원한이 있는 건 아니다. 하지만 귀검을 쓰러뜨렸다는 그 솜씨, 내가 직접 보지 않으면 다음에 보기 힘들 것 같아서 한 수 겨루자는 거다!!”

나는 낙무의 심정을 대충 알 것 같았다. 원한이 별로 없다는 건 아마 사실일 것이다. 단지 입문한 지 한 달 된 수련제자가 뜬금없이 정주 최고의 검객인 귀검을 쓰러뜨렸다고 하니 사실을 확인하러 온 것이리라.

‘쳇! 한판 붙어야 하나 아침부터.’

나는 속으로 투덜거리면서 검의 기수식을 잡았다.

"좋습니다. 그럼 한 수 부탁드립니다 낙무 사형."

"와라!"

슈슈슉!

호쾌하게 외치던 낙무와의 대결은 십오 초(十五招)만에 끝났다. 같은 소영검법을 시전했지만 내 검결에 섞여 있는 광혈인의 공력은 그가 중심을 잡기 힘들게 만들었고, 수선의 신법(身法)은 낙무가 거북이처럼 보일 정도였다. 마음만 먹으면 십 초 내에 그를 쓰러뜨릴 수 있었지만 많이 살상력을 자제하다 보니 오래 끌었다.

쿠웅!

뒤로 풀썩 넘어진 낙무는 믿을 수 없다는 표정을 지으며 나를 올려다보고 있었다. 그는 떨리는 목소리로 말했다.

"뭐, 뭐야…… 네 또래에 어떻게 이렇게 강할 수가 있단 말이냐? 마치 사검사(四劍士)와 비무할 때처럼……."

시간을 더 낭비하고 싶지 않다.

"낙무 사형. 저는 이만 가 봐야겠습니다."

나는 더 말해도 그의 자존심만 긁게 된다는 걸 눈치챘다. 그래서 되도록 빨리 이 자리를 떠나고 싶었다.

낙무는 그 자리에서 일어서면서 말했다.

"하지만…… 그래도 지금 실력이 천룡전 십육강에 이르

는 초고수를 쓰러뜨린 수준이라고 생각하진 않아! 네 녀석은 명성을 날릴 셈으로 허풍을 친 거냐?!"

"……."

속에서 뭔가 발끈했다. 그가 보기에는 내가 한 달만에 급성장한 염치없는 놈으로 보이겠지만, 나도 나름대로 생사의 위기를 몇 번이나 넘겼다. 반야 상태에서 조금만 잘못되었으면 죽었을 위기도 있었다. 그런데 사기꾼 취급을 당하는 건 가만히 넘어갈 수 없었다.

나는 낙무를 똑바로 바라보며 말했다.

"낙무 사형. 그렇게 생각하신다면 십 년 후에 있을 검성전에 나오십시오. 내가 사기꾼이 아니란 걸 그때 증명하겠습니다."

"검성전?!"

"그럼 다음에 보죠."

아마 십 년 후가 될 것이다. 내가 고개를 돌리며 걸어가자, 한참 뒤에 낙무가 울부짖는 소리가 들려왔다.

"그래, 좋다 이놈!! 지옥을 몇 번씩 건너는 한이 있어도 네 녀석을 뒤쫓아가 주마!!"

* * *

'아~ 아 쓸데없이 발끈해 버렸어.'

나는 혼자서 유극문을 떠난 지 사흘째, 완전히 환령 지역을 벗어나 있었다.

지금은 주막에 잠깐 들러서 요기를 하고 있었는데, 유극문에서 백 리나 떨어진 곳이라서 무림인이라고는 코빼기도 보이지 않았다.

다행히 성구몽 장로와 태월하 장로가 노잣돈을 넉넉하게 줘서 이 돈이 있으면 호북까지 여비는 걱정 없을 듯했다. 나는 식사를 하면서 낙무에 대해 생각했다.

우걱우걱!

확실히 그가 볼 때 내 성장 속도는 염치가 없을 것이다. 하지만 수련 시간만으로 모든 게 결정된다고 한다면, 강호는 무조건 나이 많은 놈만 대장을 먹어야 한다는 말인가? 결과적으로 내가 강하다는 건 사실이고, 필요한 노력은 다 했다고 생각하기 때문에 억울하다는 생각도 들었다.

'에이, 깊게 생각하지 말자.'

오리 다리를 뜯자 향긋한 육즙이 목젖으로 흘러들어 왔다. 만두에 오리고기라니, 집에서라면 상상도 못해 봤을 식단이다. 세상에 나오니까 맛있는 걸 먹는다는 생각에 급격히 기분이 행복해졌다.

아이고, 무공 같은 거 집어치우고 맨날 이렇게 맛있는

거 먹으면서 시원한 곳에서 무협소설이나 읽으면서 살고
싶다. 나는 아늑한 기분에 휩싸여 헤벌레 웃었다.

"어이 너!"

주막에 있던 누군가가 나를 거칠게 부르는 소리가 들려
왔다. 나는 힐끔 뒤쪽을 바라보았다. 그러자 거기에는 험
상궂게 생긴데다 우락부락한 근육질 세 명이 히죽거리며
서 있었다. 나는 오리고기를 든 채로 혹시나 하면서 나를
가리켰다.

"혹시 저 말씀하시는지?"

"그래! 네 녀석 옷을 보니 유극문 놈이구나!"

"……."

나는 내 옷을 내려다보았다. 가슴과 옷소매에 세 개의
검날이 자수로 새겨져 있다. 환령 근처의 어떤 무림인이
라도 옷만 보면 당장에 내가 유극문도인 걸 알 수 있을 것
이다. 여기는 환령을 지나친 곳인데도 알아보는 걸 보면,
유극문의 삼검인(三劍刃) 표식은 일대에서 꽤 유명한 모
양이었다.

"네, 그렇습니다만. 대협 분들께서 제겐 무슨 볼일이신
지……."

나는 일단 저자세로 나가기로 했다. 무림에서 괜한 충
돌은 좋지 않다는 걸 무협소설에서 봐서 알고 있기 때문

이다.

그러자 제일 떡대가 큰 사내가 성큼성큼 걸어오면서 으름장을 놓았다.

"어~엉?! 우리는 대망사(大妄死)에서 왔다! 꼬맹아."

"네."

"네는 무슨 네야? 유극문 같은 삼류문파 떨거지가 복릉(輻菱)에서 모습을 드러냈을 땐 그만한 각오를 한 거겠지!!"

저벅저벅.

그 말이 끝나자 일행 두 명이 같이 걸어와서 내 앞에 섰다. 주막 안에 있던 사람들은 싸움이 붙었다고 생각하는지 슬슬 피하는 기색이었다. 더러 몇 명은 도리어 흥미로운 표정으로 구경하고 있었는데, 그들은 무림인인 듯했다.

'아, 시비를 거는 거군. 영역 표시인가?'

나는 힐끔 상대방 세 명의 무공 수위를 파악해 봤다. 확실히 몸은 우락부락하지만 고수 특유의 기세가 느껴지지 않았다. 이 정도면 사흘 전에 내 앞을 가로막았던 낙무 사형이 이들보다 훨씬 강할 것이다. 낙무 사형의 무공 수위가 일류급 중반이라고 가정하면, 눈앞에 있는 녀석들은 이류에 턱걸이했다고 볼 수 있으리라.

나는 피식 웃으며 말했다.

"전 그냥 지나치는 길입니다. 불쾌하셨다면 사과하겠습니다."

"응?"

도리어 거한이 당황해했다. 그는 바로 시빗거리를 만들어 내고 싶은 모양인 듯했다. 거한은 잠깐 고민하다가 갑자기 장검을 꺼내서 내 목에 들이댔다.

"닥쳐! 죽음으로 사죄해라."

"흐음."

"얌전히 있지 않으면 오체분시해 주마!"

나는 속으로 점점 열이 받는 걸 느꼈다.

'나 지금 두 번이나 양보한 거 맞지?'

하는 양을 보면 사과받을 생각도 아닌 듯했다. 그냥 이 자리에서 유극문의 어린 문도를 쳐죽일 셈인 듯했다. 아무리 그래도 주막인데다가 백주대낮인데 어린 사람을 참살하려 하다니, 대망사라는 문파도 제대로 된 문파는 아닌 듯했다. 나는 더 이상은 참을 필요가 없다고 생각하고 손을 내밀었다.

내 손이 거한의 가슴팍에 닿였지만 거한은 그게 어쨌냐는 듯 웃어젖혔다.

"크하하핫!! 뭐 내공수법이라도 쓰려고? 안됐지만 네

나이에 쓸 만한 내공을 쌓기는 힘들단다!"

그의 말은 통상적이라면 맞다. 아무리 기재(奇才)라고 해도 내공 기반이 잘 쌓이는 건 적어도 십오 세 이후고, 그전에는 몸과 정신을 단련할 뿐이다. 놈들도 아마 그걸 알고 있어서 약해 보이는 내게 시비를 건 것이리라.

나는 차갑게 웃었다.

"그쪽이 먼저 죽인다고 했지? 목숨은 목숨으로 갚는 법이라고 하니, 그 말엔 책임져라!"

"뭐?"

콰앙!

그 순간, 내 손에 집중되어 있던 광혈인(光血印)이 터져 나갔다. 본래부터 사람의 몸을 내부에서 터뜨리는 장공(掌功)인데, 거한이 무방비 상태에서 얻어맞자 파괴력이 엄청났다. 거한의 몸이 한 차례 붕 떠오르더니, 폭음을 내면서 상반신이 통째로 터져 나간 것이다.

파드드득!

피와 육편이 떨어지는 소리가 소름 끼쳤다. 저 정도면 볼 것도 없이 즉사(卽死)였다.

거한의 동료들은 깜짝 놀라면서 뒤로 물러섰고, 관전하고 있던 무림인들도 경악해서 다들 자리에서 일어섰다. 거한의 동료가 부들부들 떨면서 외쳤다.

"이, 이 자식! 무슨 짓을 한 거냐!"

"곧 너희도 알게 될 거다!"

나는 싸늘한 눈길로 놈들을 쳐다보다가, 수선(水仙)의 신법으로 미끄러지듯이 삼 장의 거리를 단숨에 좁혔다. 녀석들은 기초 실력이 변변치 않은지 내가 완전히 사정거리로 파고들 때까지 칼을 허우적댈 뿐이었다.

망설일 필요도 없다. 나는 양손에 광혈인 공력을 모으고는 단숨에 터뜨려 버렸다.

콰광!

다시금 비명도 못 지르고 폭발한 시체가 두 구가 생겼다. 아까와 달리 목을 잡고 터뜨려 버려서 목이 형체도 없이 날아가 버렸다. 나는 광혈인 공력을 고작 칠 성으로 끌어 올렸는데도 이런 위력이 나자 속으로 놀랐다.

'이거 마공(魔功) 같더니만 정말 세네.'

아마 내 스승인 성구몽 장로는 전성기 때 한창 날리는 살인귀였을 것이다.

그런데 살인을 해서 떨리거나 죄책감 같은 게 전혀 느껴지지 않았다. 그저 약올리던 녀석들을 해치워 버리자 통쾌하고 시원한 기분만 들었다. 무협소설에 나오는 양심의 가책이 느껴지지 않아서 이상한 기분마저 들었다.

단숨에 내가 삼인조를 몰살시켜 버리자, 좌중은 조용해

졌다. 나는 피범벅이 된 바닥을 내려다보자 주인장에게 미안하다는 생각이 들었다. 시체 치우거나 관가 사람을 부르는 것도 보통 일이 아닐 것이다.

'어쩌지? 보상하기엔 가진 돈이 없는데…….'

이상하게 이런 부분에 대해서는 죄책감이 느껴진다.

"소협(小俠)! 유극문의 제자 같은데 손속이 지나치게 잔인하구려."

그때였다.

멀리서 지켜보고 있던 사람들 중 하나가 홀연히 허공 두 장을 뛰더니 내 앞에 착지했다. 나는 힐끔 그자의 용모를 살폈는데, 죽립을 쓰고 있어서 턱밖에 보이지 않았다. 단지 이목구비가 또렷한 편인 듯 해서 상당한 미남자라는 사실은 유추할 수 있었다.

그는 시체를 둘러보더니 말했다.

"이들이 사파의 대망사 제자들이긴 하지만, 목숨까지 뺏을 일은 아니었잖소?"

"음? 그러는 당신은 누구신가?"

내가 황당한 듯 되묻자 그는 멀거니 나를 쳐다보더니 말했다.

"나는 무당파(武當派)의 강운표! 소협이 손속을 과하게 한 점이 두려워 나섰소."

'무당파 인물이로군.'

나는 속으로 중얼거렸다. 그러고 보니 유극문 사람들은 늘 구파일방에 대해서 강한 문파라고 생각하면서도, 어딘가 한구석에서는 꺼리는 기색이 있었다. 무당파라고 하면 호북무림(湖北武林)의 맹주(盟主)로서, 자그만치 오백여 년 이상이나 이어져 온 장구한 역사를 지닌 문파였다. 그런 만큼 무공의 현묘함과 깊이가 상상을 초월한다는 세간의 평을 들은 적이 있다.

물론 이것도 스승한테 얻어들은 게 아니라 그저 무협소설에서 봤던 이야기일 뿐이지만.

나는 무당파의 사람을 보자 신기해져서 물었다.

"저기, 그럼 당신도 면장(綿掌)이나 십단금(十段錦)을 펼칠 수 있는 것이오?"

무협소설을 볼 때 늘 대단하다고 생각했던 무당파 장공! 그중에서도 십단금은 비단결이 열 겹이나 겹쳐서 흐른다는 의미가 있어서, 면면부절 끊이지 않는 장력의 위력이 적을 압도하는 무당파의 비기였다.

내가 기대 어린 눈으로 강운표를 쳐다보자, 그는 도리어 당황한 기색이었다.

"무, 무슨? 소협은 초면에 타 문파의 절기를 캐묻는단 말인가?"

"뭐가 어때서 그렇소? 내가 듣기만 해도 알 수 있는 것도 아닌데."

강운표는 끄응하고 침음성을 흘리더니 기수식을 잡았다.

"아무래도 소협에게는 무림의 법도라는 게 뭔지 가르쳐 줄 필요가 있을 듯하군."

스스스.

그 순간, 강운표의 전신에서 회오리 같은 검기(劍氣)가 일어나서 광풍처럼 사방에 몰아쳤다. 흥미롭게 관전하고 있던 무림인들은 기겁하며 뒤나 옆으로 뛰어나갔다. 그러더니 공포스러운 듯 외쳤다.

"도망가자! 저자가 무공을 펼칠 때 휩쓸리면 죽을지도 모른다!"

"……."

강운표는 딱히 그 말에 긍정도 부정도 하지 않았다. 나는 강운표의 전신에 밀집된 기가 점차 빠듯하게 조여들더니, 종래에는 푸른빛으로 변하는 걸 보자 흥미로운 생각이 들었다. 그래서 서둘러 주루 밖으로 나가던 사람들 중에서 한 명의 목덜미를 재빨리 잡아챘다.

덥석!

삽시간에 내게 목덜미를 붙잡힌 자는 경악해서 무기를

휘둘렀지만 뻔히 보이는 공격인지라 쉽게 피하면서 혈도
를 봉쇄했다. 혈도를 봉쇄하는 건 그저 상대방의 경락에
기를 불어넣어서 진행을 막기만 하면 되는 일이라, 상대
는 순식간에 전신에 힘이 빠져서 내게 목숨을 저당잡힌
처지가 되고 말았다.

그자가 덜덜 떨고 있을 때 내가 말했다.

"이봐, 무당파는 정파 아니냐? 왜 저자의 무공을 보자
마자 도망치려는 거야?"

"모, 모르는 소리하지 마시오. 강운표는 무당파에서 손
꼽히는 후기지수이자, 삼 년 전에 흑도의 혈창마군(血槍
魔君)을 쓰러뜨렸소. 당신을 사파로 판단했으니 살려 두
지 않을 것이며, 우리 같은 하루살이들의 목숨은 신경도
쓰지 않을 것이오."

"흐음."

나는 약간 불쾌한 기분이 들었다. 이자의 말에는 진심
이 깃들어 있었다.

'그 말대로라면, 정파 사람들은 사파인을 벌할 수 있다
면 잔챙이 목숨에 큰 의미를 두지 않는다는 말인가? 이건
무협소설이랑 약간 다르잖아?'

내가 보았던 소설 속의 의협(義俠)은 무공이 약하든 강
하든 약자를 보호하고 사악한 자에 맞서 싸우는 존재였다.

물론 사파를 벌한다는 점은 같지만, 이렇게 무공 펼치는 걸 보자마자 삼류무사들이 도주할 정도로 공포스러운 존재라니!

나는 강운표를 노려보며 말했다.

"강운표! 내가 저 세 놈을 죽인 건 잘못된 일이지. 하지만 네 녀석이 세 명의 목숨을 대가로 나 하나의 목숨을 앗아가는 게 정당하다고 말할 수 있냐?"

"무슨 어이없는 말을!"

강운표는 도리어 분개해서 외쳤다.

"목숨은 목숨으로만 갚는 법! 사파의 무리라고 하지만 함부로 살해해서는 안 되오. 허나 소협은 정당방위였기에 나는 그대에게 가벼운 훈계를 내리고 넘어가도록 하겠소."

"훈계?"

"못된 짓을 한 손목만 하나 가져가겠소, 소협."

"……."

장난이라도 하는 줄 알았는데 강운표의 얼굴은 진심이었다. 그가 뿜어내는 서늘한 검기가 내 손목에 아련하게 맺히는 게 느껴졌다.

'이봐, 진짜야? 정말로 그런 마음을 먹은 거냐?'

나는 어이가 없어서 순간 멍해졌다. 내가 나이에 비해

조숙한 편이고, 꽤 무공이 강한 편이라고 하지만 아직 열서너살에 불과하다. 몸이 꽤 커지고 있지만 여전히 청년(靑年)이라기 보다는 소년(少年)이다.

그런데 못된 짓 한 번 했다는 이유로 손목을 잘라 가겠다니!

나는 아까 대망사의 사내들과 마주쳤을 때 이상으로 불쾌감이 솟아오르는 게 느껴졌다. 하지만 일단 먼저 잘못한 건 내 쪽이기 때문에 좀 더 침착하게 따지고 들기로 했다.

"그래. 네가 내 손목을 가져간다고 치자. 강운표 당신은 내가 저항하든 아니든 그렇게 할 생각이겠지. 과연 당신에게 대망사의 복수를 할 권한이 있는가?"

"본래라면 대망사의 문주가 해야겠으나, 나는 무당파의 협행을 대리할 수 있소! 내 행동에는 언제나 망설임이 없소."

"그렇다면 내 사부가 네게 품을 원한은 어떻게 할 생각이냐?"

강운표는 잠시 멈칫거렸다.

아무래도 나처럼 어린 고수를 키워 낼 만한 고수라면 후환이 있을 거라는 걸 생각해 낸 듯했다. 잠깐 먼 하늘을 보면서 생각하던 강운표가 입가에 가벼운 미소를 띄웠다.

"그가 무림의 명사(名師)라면 내 행동을 이해할 것이고, 거마(巨魔)라면 무당파의 신검(神劍) 아래에 토벌될 것이오. 간단하지 않소?"

"뭐? 그러니까…… 어쨌든 상관없다는 거냐?"

"바로 그렇소. 소협은 이제 대가를 치를 준비를 하시오."

쿠구구구!

서서히 강운표의 기세가 치솟아 올랐다. 지금까지보다도 훨씬 예리하고 농밀한 검기가 피어오르면서 마치 돌개바람처럼 사방을 감쌌다. 나는 강운표의 검기가 대단하다고 생각하면서 마음에서 마구 헤집듯이 치솟는 불쾌감을 어찌할 도리가 없었다.

이런 건 무협소설과 다르다.

말은 번지르르하게 하지만, 결국 현 무림의 강대 세력인 구파일방 중 무당파의 제자가 눈앞에 배알 뒤틀리는 일이 있으니까 끼어든 것이다. 그리고 적당히 강해 보이는 나를 상대로 자신의 실력을 시험해 보고 싶은 거겠지. 내가 손목을 잘리더라도 누가 감히 무당파를 건드리겠냐는 생각을 하고 있는 게 분명하다.

주변 사람들은 이미 주루 안에 아무도 보이지 않는다. 그냥 검기를 표출하는 것만으로도 기겁해서 도망갈 정도면, 강운표가 살인을 망설이지 않는다는 사실이 강호에 널리 알려진 것이리라. 그런데도 놈이 마두(魔頭)로 지정되지도 않았다는 사실이 기가 막혔다.

대체 이게 뭔가!

무협소설에서 보았던 태산북두, 무당파는 악에 맞서서 협의를 지키고 무예를 수련하는 훌륭한 무술가들이었다. 그러나 강운표의 모습은 겉만 번지르르한 위선자(僞善者)에 불과하다.

나는 입술을 질끈 깨물었다.

"오냐. 누가 대가를 치르나 해 보자."

오기가 생긴다.

어설프게 나를 건드린 대가 정도는 치르게 해 줘야 한다. 나는 어차피 이 세상을 관장하는 신도 아니니까, 살인을 하든 뭘 하든 내 멋대로 살 뿐이다. 하지만 소설 속의 의협답지 못한 모습을 보여 준 강운표는 가만히 두고 싶지 않았다.

꾸웅!

다음 순간, 강운표의 일검(一劍)이 무식한 속도로 쇄도해 왔다. 나는 찰나지간에 무심쾌검(無心快劍)의 경지를 발휘해서 빠르게 막아 냈지만, 검력(劍力)이 막강한 바람에 살짝 한 걸음을 물러나고 말았다.

'견딜 만하군.'

나는 속으로 중얼거리면서 빠르게 검을 잡는 손가락의 위치를 바꾸었다. 검을 잡을 때는 문파마다 독문 파지법이 존재하는데, 파지법은 검속(劍速)과 변화에 큰 영향을 주었다. 때로는 같은 초식을 펼치더라도 파지법에 따라서 전혀 다른 위력을 보일 때도 자주 있었다.

내가 유극문에서 배운 독문 파지법은 총 다섯 개. 소영검법에 세 개가 존재했고, 성구몽 장로가 따로 두 개를 가르쳐 주었다. 성구몽 장로가 가르쳐 준 파지법은 소영검법에서 단단하게 중단세를 움켜쥐는 것과 달리 마치 두 손가락만으로 무거운 검 전체를 지탱하는 듯한 형태였다.

나는 처음으로 성구몽 장로가 혈파(血波)라고 이름 붙인 파지법을 사용해서 소영검법을 전개했다. 성구몽 장로 밑에서 딱 한 번 혈파를 응용한 소영검법을 사용해 보았지만, 인간에게 써 보는 건 지금이 처음이다.

내 첫 초식은 중단세에서 하단으로 내려치는 변화를 머금고 있었다. 소영일기(消影一奇)의 변화에 따라서 세 가지 방향으로 검날이 내뻗자, 강운표는 홋하고 웃으면서 무당파의 검법을 펼쳐서 막아 내었다.

문제는 그가 검날을 비스듬히 눕혀서 적절하게 내 검격을 받아 냈을 때 일어났다. 원래라면 거기에서 충돌이 끝나고 다음 초수로 넘어가는 게 상식일 테지만, 갑자기 내 검은 살아 있는 것처럼 꿈틀거리면서 손가락의 힘 조절에 따라서 손가락을 타고 올라간 것이다!

"아니?!"

강운표는 깜짝 놀라서 자신의 검을 뒤로 뺐지만, 예상치 못했던 변화였던 탓에 완벽했던 자세가 엉거주춤해지는 것만큼은 어쩔 수가 없었다. 그리고 자세가 엉성한 검사(劍士)만큼이나 약해 빠진 무술가는 이 세상에 존재하지 않았다.

파앗!

소영검법의 중반 사 초식이 궤도를 타고 끊이지 않고 맹공(猛攻)을 가했다. 강운표는 등줄기와 광대뼈에 굵은 땀을 흘리면서 내 공격을 막아 내고 있었지만, 순간순간 찌르고 베는 동작을 짐작하지 못해서 반격조차도 할 수 없는 모습이었다.

'흥. 무당파의 어떤 검법인지 모르겠지만 고작 이 정도인가?'

고작해야 십 초만에 나는 강운표의 검법 사이사이에 있는 변화와 허점을 대부분 알아챌 수가 있었다. 내 소영검법 중에서 어떤 초식의 어떤 변화를 쓰면 단번에 궁지로 몰아갈 수 있을지를 알게 되었으니, 강운표의 목숨을 뺏는 건 시간문제였다.

부웅!

소영탈혼(消影奪魂)의 초식을 써서 크게 가슴팍을 베어 가자, 위기감을 느낀 듯 강운표가 눈을 부릅떴다. 연신 몰리고 있던 강운표가 숨을 헉헉대며 외쳤다.

"소, 소협! 잠시만······!! 이야기를 해 봅시다······!!"

까앙!

"무슨 얘기?"

일단 기회를 줘 보기로 했다. 내가 강격을 밀어치자 강운표는 급히 기회라는 듯 뒤로 구르듯이 날아갔다. 신법의 안정을 찾기 힘들 정도로 기세가 눌린 탓이었다. 그는 엉거주춤 일어서면서 턱 끝에 맺힌 구슬땀을 닦았다.

"소협의 실력이······ 아까 보던 것보다 더욱 대단하구려. 대망사의 수련자들도 보통 수준이 아닌데, 그들을 일격에 없앨 정도의 권법(拳法)과 뛰어난 검법(劍法)을 같이 지녔다는 게 훌륭하오."

이 새끼 무슨 소리를 하는 거지?

싸우다 말고 무슨 수작을 부리는 거야?

내 표정이 기묘하게 일그러졌다. 나이가 좀 더 들었다면 이 상황에서 침착하게 어떤 개소리를 하는지 듣고 있었을 테지만, 아직 마음 수양이 부족한 탓에 감정을 쉽게 드러내는 편이었다. 강운표는 기회라고 여겼는지 쉬지 않고 입을 열었다.

"내가 강호의 의협을 몰라봤던 듯하오. 이제 검을 부딪히면서 소협의 마음을 충분히 알았던 바! 오늘은 이쯤에서 그만하고 다음의 만남을 기약하는 편이 어떻소?"

"다음의 만남?"

"하하! 뛰어난 고수를 보니 기분이 좋구려. 내 소협을 위해서라면 어떤 일이라도 해 주겠소."

"……."

호탕하고 밝게 웃는다. 마치 동네 형처럼 맑게 웃으면서 내 등이라도 툭툭 쳐 주려는 듯한 기색이다. 따뜻함은 하루이틀 연습의 결과로 나온 게 아닌지, 그게 연기라는 걸 알고 있는 나조차도 순간 혹할 정도였다.

하지만 바로 다음 순간 분노했다. 아무리 말을 그럴듯하게 해 봐야, 자기 실력이 안 되니까 꼬리를 말고 화해를 청하는 것뿐이다. 어떻게 이렇게 비굴한 짓을 하고는 정파(正派)니 의협(義俠)이니 칭할 수 있단 말인가?

그 순간 나는 재빨리 상황을 눈치챘다. 지금 장내에는 나와 강운표 외에는 아무도 없는 상황이다. 강운표가 망설임없이 비굴해 보이는 행동을 하는 이면에는 [보는 사람이 없다]라는 상황이 영향을 미치고 있다.

'무협소설대로라면…… 아마 그거겠지.'

나는 다음에 있을 상황을 상상하며 씁쓸한 웃음을 지었다. 내 웃음을 보자 강운표가 짐짓 검극을 지면으로 향하며 웃었다.

"하하하! 유극문의 명성이 뛰어나다 들었는데 그 말대로군요, 소협."

"아, 그렇습니까?"

"그리고 보니 소협의 이름이 어떻게 되는지……?"

저벅.

강운표는 의아한 표정을 지으며 두 걸음을 이쪽으로 다가왔다. 나는 그때까지도 강운표를 제지하지 않았다. 제발 강운표가 내가 생각하는 행동만큼은 하지 않기를 바라면서, 무표정하게 강운표를 응시하고만 있었다.

세 걸음째.

매우 느린, 아니, 극한에 도달한 반사 신경 때문에 도리어 느리게 보일 정도의 찰나. 나는 강운표의 숨소리와 근육의 움직임, 그리고 발걸음에 담긴 기(氣)가 급격히 변하는 걸 감지했다. 강운표 또한 뛰어난 일류(一流)의 검사라서 자신의 몸을 순간적으로 쾌검술(快劍術)에 맞게끔 조종하는 건 가능하다.

'역시.'

강운표의 검(劍)이 날 듯이 내 목으로 향하는 데에는 눈 깜박일 시간조차 필요하지 않았다. 보통 사람이라면 어찌 되는지도 모르고 목이 달아날 만한 쾌검이었다. 하지만 내가 달성했다고 하는 무심의 경지는 강운표를 훨씬 넘어서는 것이라, 나는 강운표의 검 따위는 보고 나서도 쳐 낼 수가 있을 정도였다.

팔이 휘둘러지며 소리 없이 허공에 실선이 그어졌다. 짧은 순간에 역습을 확신하고 미소를 짓던 강운표의 얼굴이 흔들렸다. 허공에 그려진 실선은 분명히 강운표의 칼 든 손목을 횡으로 나누고 있었고, 잠시 후 피보라가 뿌려졌다.

푸쉬이익!

"끄아아악!!"

애초에 상대가 되지 않는 싸움이었다. 제대로 정신을 차리고 싸워도 내가 압도적으로 쾌검결에서 유리한 마당이다. 내가 어리다고 방심한 채로 검술을 겨루다가 심력과 체력을 엄청나게 손해 본 강운표는 이미 지고 있었다. 하물며 지근거리에서 말을 걸다가 기습이라니, 삼류 사파나 할 법한 행동인 것이다.

나는 잘린 팔목을 부여잡고 고통에 몸부림치는 강운표를 내려다보며 말했다.

"못된 짓을 한 손목을 잘라 버린다고? 그 말대로군. 못된 짓을 하면 잘라 버려야지."

"끄흐윽…… 네놈…… 네놈이……!!"

나는 피식 웃었다.

무협소설을 보면 위선자로 등장하는 인물들은 하나같이 행동이 뻔하다. 사람들의 이목과 체면을 매우 중시해서, 거기에 맞춰서 자신의 이득을 챙긴다. 그러다가 강적이나 난적이 등장하면 의뭉스럽게 친한 척하다가 뒷통수 때리거나 습격하는 게 일반적이었기 때문이다.

때마침 주변에 보는 사람도 없는 상황. 강운표는 어린 꼬마에게 수치스럽게 패했다는 소리를 듣느니 재빨리 나를 해치워 버리고 싶었을 것이다. 너무나 뻔한 흐름으로 흘러가자 나는 딱히 할 말도 없어졌다.

"강운표. 그리고 나는 유극문 사람이 아니야. 이미 파문(破門)당했지."

"끄…… 끄으…… 어쩌라는 거냐……."

"널 죽이든 말든 거리낄 건 없다는 소리지."

스캉!

시퍼런 검날이 강운표의 목에 닿았다. 강운표는 마치 세상을 다 산 듯 하얗게 질린 얼굴을 하고 있었다. 나는 가만히 그 상태에서 강운표에게 말했다.

"남길 말은 없냐? 저 대망사 떨거지들과는 달리 너는 천하의 무당파 문인이니까 유언 정도는 들어준다."

강운표는 순간 '미친놈'이라고 외치려다 입을 다문 듯했다. 내 눈빛이 진심인 걸 보았기에, 다음 순간에 하는 말이 자신의 유언이라는 사실을 본능적으로 깨달은 것이다. 강운표는 상체를 부들부들 떨다가 갑자기 말했다.

"소…… 소협…… 내가 그대 손에 죽으면 그대의 가족이 위험할 거요."

자신감 있는 표정을 보니까 짜증이 났다. 확실히 그렇긴 하겠지만, 알게 뭐란 말인가? 나한테 어설프게 교섭을 하려는 게 멍청하다는 증거다.

"유언치곤 소박하군."

"잠……."

스칵하는 소리와 함께 강운표의 목이 허공으로 날았다. 그는 죽기 전까지도 신법을 전개해서 피하려 했는지 미미하게 배와 다리가 움직여 있었지만, 목이 그대로 잘려 버리면 어떤 가공할 신법을 써도 손쓸 도리가 없었다.

나는 손쉽게 강운표를 처치한 후 장내를 둘러보았다. 대망사의 떨거지가 죽어서 박살이 난 잔해와 강운표의 시체가 자리에 남아 있었다. 나는 한참 동안 시체를 들여다보다가 중얼거렸다.

"가족을 건드리면 어떤 일이 벌어질까?"

나도 잘 모르겠다. 그리고는 약간 놀라고 말았다. 가족이란 건 분명히 내게 있어서 가장 소중한 것일 테지만, 강운표의 협박이 별로 위협적으로 들리지 않은 것이다. 강운표는 빈말을 한 게 아니라서, 만일에 자문파의 제자를 죽인 자를 찾고자 한다면 갑자기 가족을 인질로 잡을 가능성도 있다.

그런데…… 어째서일까. 아버지와 어머니의 얼굴이 잘 떠오르지 않았다.

나는 간단하게 상황을 넘겨 버리기로 했다.

"에이 몰라! 찌질이 따위 뭔 짓을 하건 알 바 아니지."

지금 내가 해야 할 일은 호북에 있는 형님을 보러 가는 것이다.

그 와중에 무당파와 충돌이 조금 일어나도 별로 중요한 일은 아니라고 생각했다. 내가 주루에서 나가려고 할 때, 바깥에서 긴장하고 있던 무림인들이 우수수 흩어졌다. 내가 별 부상도 없이 걸어 나오자 믿을 수 없어 하는 기색이었다.

"허어! 설마 무당칠검(武當七劍) 중 하나인 강운표를 꺾다니!"

"무림에 또 다른 괴물이 나타났구나……."

생각 외로 강운표를 걱정하는 자는 많지 않아 보였다. 아마도 내가 무당파 사람을 죽이기야 하겠냐는 생각을 하는 듯했다. 나는 대꾸할 말이 생각나지 않아서 경공을 돋우어서 재빨리 달려 나갔다. 왜냐하면 강운표가 죽은 걸 발견하면 이후에 또 뭔 말을 할지 생각도 되지 않았기 때문이다.

타다닷!

내가 약 이십 장 정도를 달려갔을 때였다. 뒤에서 경악하는 비명 소리가 들리기 시작하자 씁쓸하게 웃었다.

아이고, 성구몽 장로.

그렇게 주의를 줬는데 순탄한 강호행은 아닐 듯싶습니다.

왜냐하면 무협소설인데 협(俠)이 안 보였기 때문이죠.

3.
추격(追擊)

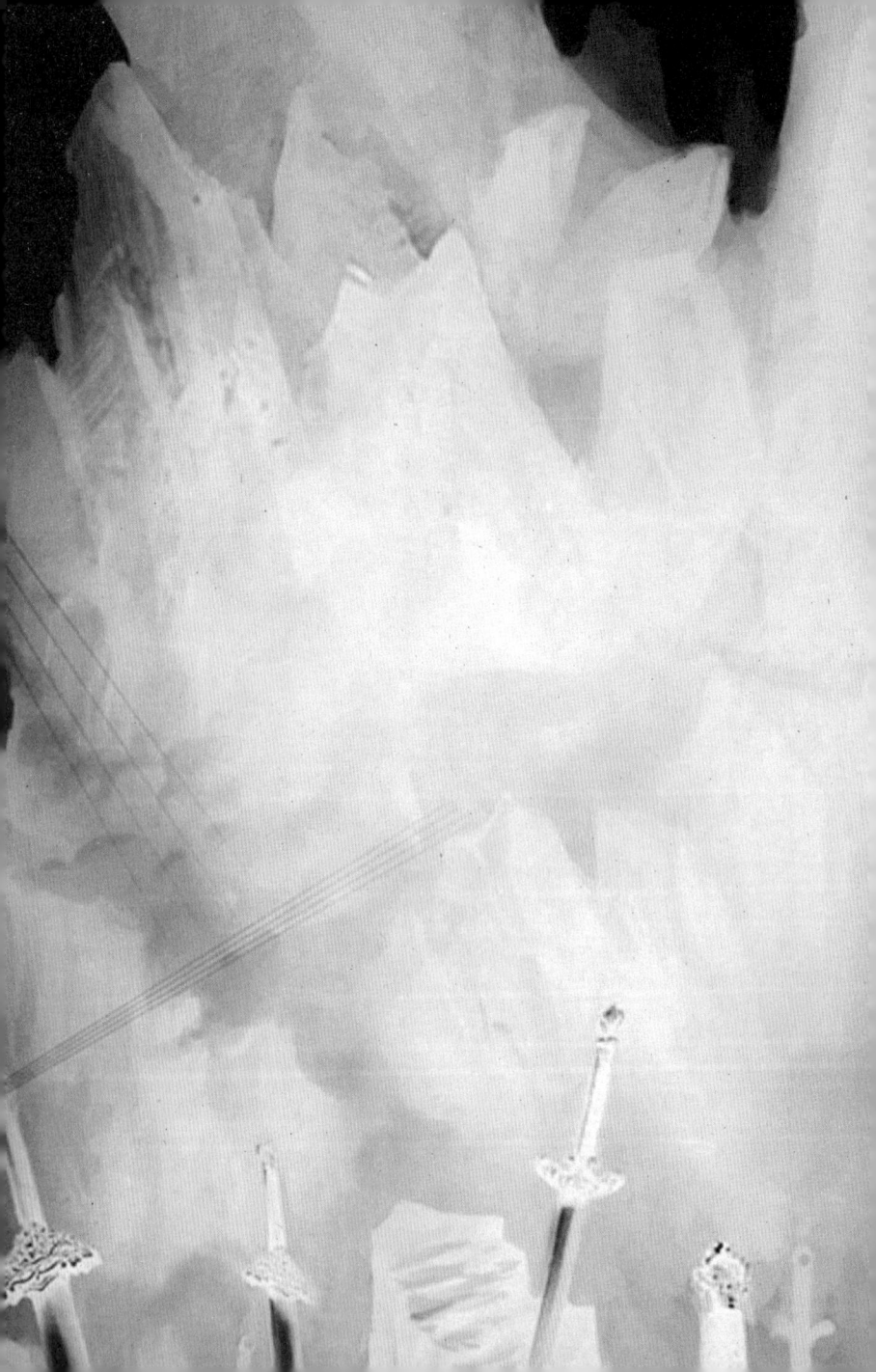

"뭐라? 우리 애들이 세 명이나 죽어?"

복릉(輻菱) 일대에서 가장 거대한 사파이자, 관가에도 줄을 대고 있는 대망사의 회주(會主)가 인상을 찡그렸다. 대망사의 회주는 전대의 거마(巨魔)에게 직접 사사해서 막강한 무공을 지니고 있었고, 그 무공을 바탕으로 약 십오 년 전부터 복릉에서 막강한 세력을 쌓아 올렸다. 그래서 어지간한 문파는 대망사와 충돌하기는커녕 비위 맞추기도 힘들어 할 정도였다.

부하의 보고에 회주가 크게 노한 기색이자, 보고를 하던 부회주가 급히 말을 덧붙였다.

"자세한 정황을 말씀드리겠습니다."

"말해 봐."

"죽은 애들은 삼향주(三香主) 아래의 행동대장들입니다. 입문 육 년 차 정도라서 무공은 그리 대단치 않은데 덩치가 쓸 만해서 부려먹을 만했죠. 좌항(座航)이라는 놈 이름은 한 번 들어 보셨을 겁니다."

대망사 회주가 고개를 끄덕였다.

"그래. 자네가 몇 번이고 일 잘하는 놈이라고 칭찬했지."

물론 대망사는 악덕 사파 단체인 만큼 '일을 잘한다'는 건 결코 좋은 뜻이 아니다. 성실하고 평범한 민간인을 등쳐 먹고 강제로 빚지게 으름장 놓는 깡패짓을 잘한다는 말이었다.

"마침 천휘문과 유극문이 환령에서 크게 충돌하는 일이 생겨서, 그 녀석들을 외곽 지역에 순찰이나 돌리러 내보냈었습니다. 그런데 의문의 소년고수와 시비가 붙은 바람에 일 초만에 다들 고기 조각이 되어 버렸다고 합니다."

"뭐라? 고기 조각?"

회주가 황당한 표정을 지었다.

물론 향주 밑의 행동대장들은 무림인이라고 간신히 명함만 내밀 수 있을 수준이다. 그런 놈들을 일 초만에 쳐 죽일 만한 무림인은 차고 넘친다. 문제는 '고기 조각'이라는 단어에 있었다. 회주의 표정이 신중해지자 부회주가 말을 이었다.

"네. 권장법이었다고 하는데 근처 무림인들은 무슨 수법인지 알아보질 못하더군요. 소년고수는 좌항을 포함한 세 명을 살해한 후 그냥 가려고 했지만, 무당파의 강운표가 소년고수에게 훈계를 내리겠다고 나섰습니다."

"강운표! 무당칠검이 말인가?"

"마침 지나가던 길이었던 듯 합니다."

회주가 흥미로운 표정을 지었다. 이미 떨거지 셋이 죽었다는 건 그의 관심에서 멀어져 있었다. 사파나 흑도는 특히 아랫사람을 도구 취급하는 경향이 강하기 때문이다. 회주는 자신의 턱수염을 쓰다듬었다.

'무당칠검이면 무당파에서 자신 있게 내세우는 신진 후기지수…… 그 무공은 각각이 일류의 경지에 도달해 있다. 물론 나보단 약한 놈들이지만 무당파의 휘광이 있으니 무시할 순 없는데…….'

회주는 다음 이야기가 궁금한지 부회주를 재촉했다.

"어서 말해 보게! 결과가 어찌 되었나?"

"그게…… 어이없게도 소년고수가 약 삼십 초(招)만에 강운표를 꺾고, 발악하는 강운표의 손목과 목을 쳐서 확실하게 참살(斬殺)해 버린 모양입니다."

회주가 갑자기 띵한 표정을 지었다.

"……강운표가 참살? 참살이라고?"

"네."

"내가…… 잘못 들은 게 아니지?"

"저도 처음엔 귀를 못 믿었습니다."

부회주도 동의하는 기색이었지만 회주의 표정은 경악으로 물들어 있었다.

마찬가지로 소년고수가 강운표를 무공으로 눌렀다는 사실 자체는 그리 놀랍지 않다. 무당칠검이 세간에서 유명한 건 무당파가 천하에서 열 손가락에 들어갈 정도로 거대한 문파이기 때문이고, 무림에는 무당칠검보다 어려도 몇 배나 강한 아이들이 얼마든지 존재할 수 있었다. 회주 자신만 해도 강운표 따위는 일백 초 이내에 뼈와 살을 분리시킬 자신이 있었다.

회주가 진정으로 놀란 것은 강운표가 살해당했다는 사실이다!

'꼬맹이가 미쳤군…….'

강운표를 죽인다는 건, 천하에서 가장 거대한 무림 세력인 구파일방에서도 수위(首位)를 다투는 무당파에 도전장을 내밀었다는 뜻이다. 무당파는 결코 문인의 죽음을 가볍게 받아들이지 않기에, 아마 피를 피로 씻는 상황이 되는 게 틀림없다. 거대한 세력일수록 '은혜'와 '복수'를 철저히 하는 게 원칙이기 때문이다.

대망사 회주는 순간 대망사와 무당파가 일전(一戰)을 벌이는 상상을 해 보았다. 하지만 도무지 답이 안 보여서 전신을 부르르 떨었다. 무당파에는 대망사 회주를 뛰어넘는 절정고수가 수십 명이나 있고, 개중에는 십 초 이내에 그의 사지(四肢)를 분리시킬 수 있는 고수도 있다.

아마 검성전(劍聖戰)이라는 기묘한 대회가 없었으면 예전에 호북무림을 넘어서 타 지방의 패권에까지 손을 뻗쳤을 강대한 문파가 무당파다. 회주는 어이가 없었지만 동시에 의문의 소년고수에게 흥미가 생겼다.

"그래, 그 대단한 소년고수는 어떤 놈인가? 복수야 무당파가 알아서 해 주겠지만 놈의 정체 정도는 알아내야지."

"그것이…… 아마 유극문 문도인 듯싶습니다. 입은 복장이 의심할 여지가 없다더군요."

"유극문? 놈들이 여기까지 왜 와?"

회주는 괴이한 표정을 지었다.

환령에서 벌어졌던 유극문과 삼대문파의 대결은 중원 전체에 화젯거리였다. 그 또한 관심을 가지고 있던 문제지만, 유극문과 대망사는 상당히 먼 거리에 있다. 뜬금없이 유극문도가 여기까지 올 이유가 생각나지 않은 것이다.

"일단 죽은 놈들의 시신을 수습해서 가지고 왔습니다. 전문가를 불러서 시체 조각을 최대한 원상태에 가깝게 만들어 봤는데, 직접 보심이 어떠한지……."

"흥! 네 녀석들 안목으로는 못 알아본다는 소리군. 대체 어떤 무공이길래……."

회주는 코웃음을 치며 자리에서 일어섰다. 사실상 대망사는 회주 혼자서 만들고 운영해 간다고 해도 과언이 아니다. 회주의 무공은 강호에서 절정(絕頂)이라 불리는 수준으로, 호북무림에서도 명성이 높은 흑도무림인이다. 그라면 어쩌면 흉수의 사문을 밝혀낼 수 있을지도 모르는 것이다.

잠시 후 부회주와 회주는 시신이 안치된 별실로 향했다. 사취(死臭)를 일부러 향내로 제거했는지 맡기에 불쾌한 정도는 아니었다. 시신은 태오의 광혈인에 당해 넝마가 되었던 것과 달리 그럭저럭 사람의 형상을 갖추고 있었다.

"흐음."

회주는 뒷짐을 진 채로 슬그머니 시체로 상체를 내밀었다. 언뜻 스쳐 보는 듯했지만 수십 년간 단련된 강호의 경

험과 무공의 경지가 빠르게 흥수의 무공을 분석하고 있었
다. 그는 한참 동안 살펴보다가, 정통으로 광혈인에 당한
상처에서 시선이 멎었다.

"헉!"

그 순간이었다.

털썩!

부회주는 회주가 갑작스레 그 자리에 주저앉는 것을 보
고 깜짝 놀랐다. 평소에 대담하기가 짝이 없어서 왠만한
상황에서는 눈썹 하나 까닥하지 않던 회주이다. 하지만
지금 보인 행동과 표정은, 말 그대로 새하얗게 질려서 다
리에 힘이 풀린 상황이었다.

주저앉은 회주는 이마에 식은땀을 잔뜩 흘리며 외쳤다.

"뭐, 뭐, 뭐냐?! 어째서 저 저주받은 무공이 여기에……."

"네? 회주 무슨 말씀을 하시는……."

"그…… 그 꼬마놈이 정말로 장력으로 발출한 게 맞는
가?"

부회주는 영문을 몰랐지만 사실대로 대답했다.

"네. 그리고 사람들의 말로는, 강운표와 겨룰 때 언뜻
언뜻 그 새하얀 기운이 검극에 엿보였다고도 했습니다."

"……망할! 미치겠군…… 진짜 그 괴물의 제자가 나타
난 거야……."

"네?"

"제길! 제기랄! 왜 하필 지금이냐고오!!!"

자신의 머리를 쥐어뜯으며, 회주는 체면도 잊은 채 울부짖었다.

한참 동안을 발광하던 대망사 회주는 고개를 푹 숙였다. 강호에 출도한 지 십수 년이 다 되어 가는 지금, 뜬금없이 악몽이 되살아날 줄은 몰랐던 것이다.

잠시 후 회주가 말했다.

"이 일에서 전부 손 떼! 우리는 전혀 몰랐던 일인 거다. 무당파에서 사람이 오면 전부 나한테 보내라, 부회주."

"네? 물론 그렇게 해야 합니다만…… 그 꼬맹이를 추적하지 않아도 괜찮으십니까?"

"괜찮고 뭐고, 절대 추적하지 마라. 폭탄이나 다름없어."

회주가 입술을 잘근잘근 씹었다. 그는 나름 평화스럽게 사파의 두목으로 잘 지낸다고 생각했는데 난데없이 생명의 위기를 느낀 것이다.

쥐처럼 웅크린 자세로 고민하던 회주가 부회주를 돌아보았다.

"그리고 아마 무림에 엄청난 일이 일어날 거다. 우리는 가만히 있는 게 상책이다."

회주는 아직도 잊지 못하고 있었다.

광혈인(光血印)과 명왕(冥王)!

세월이 오래 지났지만 그자가 활동하던 시절에는 그 어떤 무림인도 그 앞에서 함부로 기를 펴지 못했다. 광혈인이 펼쳐졌다는 말만 들려도 온갖 마도의 고수들이 두려워하며 길을 비켰고, 명왕이 등장하면 명문 정파인들조차 겁을 먹었다.

'정말로 유극문 애송이가 명왕의 제자라면 이미 우리가 감당할 판이 아니다!!'

하지만 그는 모르고 있었다.

명왕 - 현재는 성구몽 장로라고 불리는 자 또한, 누군가의 의지에 의해서 살아가고 있다는 사실을.

              *   *   *

당연한 듯이 이변이 일어났다.

아마도 내 숙명이 아닐까?

"응?"

나는 강운표를 쳐 죽이고 약 나흘 정도 길을 걷던 와중에, 산길의 소로(小路)에서 왠 거지가 드러누워 있는 걸 발견했다. 거지의 행색은 비루하고 딱 봐도 냄새날 것 같았지만, 나는 거지를 보자마자 딱 하나의 단어가 머릿속에 떠올랐다.

'개방!'

무림 최대의 정보 조직이자 구파일방의 하나.

강호 어디에나 존재하고 있으며 구성원 수도 엄청 많지만 소수의 정예를 제외하곤 별 볼일 없다고 한다. 하지만 정보력을 이용해서 누구든 엿먹일 수 있기 때문에 누구도 개방을 무시할 수 없다고 무협소설에서 본 적이 있다.

당연한 말이지만 사람도 별로 안 다닐 법한 인적 없는 소로에 거지가 뒹굴고 있을 리가 없다. 거지도 먹고 살려면 사람이 많이 다니는 시장이나 길바닥에 있어야 하기 때문이다. 나는 거지를 보자마자 경계하며 외쳤다.

"개방이 여긴 웬일이냐?"

"난 그냥 거진데……."

그가 변명했지만 나는 그의 허리춤 매듭을 가리켰다.

"매듭이 다섯 개나 되잖아. 그러면 본단에서도 꽤 높은 신분이군."

"허? 소협이 아는 게 많군. 고추에 털도 안 났을 것 같은 나이인데."

스스스.

중년거지는 천천히 몸을 일으키면서 한쪽 손에 죽장을

들었다. 나는 정신을 집중하자 주변에 그를 제외하고도 너댓 명 정도의 인기척이 있다는 걸 알 수 있었다. 나는 그자들의 움직임에 신경 쓰면서 중년거지에게 말했다.

"고추에 털은 났는데? 당신처럼 더럽고 수북하게 안 났을 뿐이라고."

"크크큭. 말발 좋구려 소협."

뭐가 좋은지 낄낄대던 중년거지가 죽장으로 날 가리켰다. 장난기가 없고 약간의 무감정이 들어 있었다.

"강호는 지금 소협 때문에 난리가 났다오. 유극문의 일개 문도가 사파와 시비가 붙어서 세 명을 살상하고, 무당 칠검 강운표를 잔인하게 죽이다니."

본론이 나왔다.

"그건 나와 무당파의 일이야. 개방이 무슨 상관인데?"

내가 퉁명스럽게 반문하자 중년거지가 고개를 절레절레 저었다.

"구파일방은 강호의 정의를 수호하는 존재. 그대가 정말로 악한 짓을 저질렀다면 무당파건 개방이건 대의 앞에서 다를 게 없는 일이오."

"강호의 정의라⋯⋯."

우스운 말이다.

나는 킥킥 웃다가 말했다.

"그 강운표라는 놈은 내 버릇을 고쳐 준답시고 손목을 자르겠다고 했지. 그리고 질 것 같으니까 비굴하게 굴다가 기습을 했는데, 너무 열받아서 그냥 죽여 버렸어."

"소협. 자신의 죄를 인정하는 것이오?"

"반대!"

나는 자신 있게 팔짱을 꼈다.

"강호에서 피는 피로 갚고, 무력행사에는 상응하는 힘으로 대하는 법! 먼저 시비를 걸어온 게 강운표 쪽인데 어째서 내게 죄를 묻는 거냐?"

"……."

개방의 중년거지는 일순간 할 말이 없는지 입을 다물었다. 그는 뚫어져라 내 눈을 응시했다. 자세히 보니까 비루해 보이는 행색과 달리 이목구비가 뚜렷하고 눈에 정광(精光)이 감돌았다.

잠시 후 그가 한숨을 쉬었다.

"소협의 말이 맞소. 허나 세상이 원리대로만 흐른다면 어찌 다툼이 일어나겠는가? 나는 주어진 일에 최선을 다해야 하니, 소협을 구속하리다."

"……."

"마관양장진(磨罐羊腸陳)을 펼쳐라."

스스스스슥!!

갑자기 사방에 흩어져 있던 인기척이 더욱 범위를 넓혔다. 그리고 내 사방을 꽉꽉 메우는 듯한 존재감을 내뿜으며 인기척이 휘돌기 시작했다. 아마 보이지 않는 곳에서 자꾸 위치를 바꾸면서 나를 기력으로 압박하려는 심산인 듯했다.

내가 심각한 눈으로 주변을 노려보자, 중년거지가 말했다.

"소협의 나이면 보통 무공의 기초를 닦고 있을 때이건만, 무당칠검을 가볍게 꺾었다는 소식에 본의 아니게 합공을 하게 되었소. 소협의 뛰어난 재능에 나 복의개(旬依丐)는 경의를 표하오."

파박!

보이지 않는 곳에서 뜬금없이 표주박이 날아왔다. 표주박이라고 하지만 안에는 내공이 충분히 깃들어 있어서 강철 덩어리와 다름이 없었다. 보통 무협소설에서 보던 진법이란 건 빙빙 돌면서 원형 공간에 감싸 넣는 느낌이었는데, 이건 왠지 점차 신경을 건드리려는 느낌이라서 짜증이 났다.

"이게 뭐야? 진법이라면서 왜 이렇게 쪼잔한 겁니까?"

"쪼잔하다니. 허허!"

퍼벅!

그 순간 복의개가 땅에 있던 돌멩이를 주워서 내게 돌 팔매질을 했다. 물론 수선의 움직임으로 가볍게 피하긴 했지만, 무공 고수의 돌팔매질은 그 자체로 화살보다 더 무서웠다. 주먹만 한 돌멩이가 다른 바위에 쏙하고 박힌 것이다. 내가 황당한 눈으로 복의개를 쳐다보자 그가 말 했다.

"진법은 다구리인 법이오, 소협. 그리고 그대는 혼자고 우리는 여럿이니, 약올리면서 진만 빼도 나중엔 이기겠 지."

"……!!"

다구리라니!

무협소설의 환상을 깨뜨리는 발언에 내가 반박하려고 했지만, 그때는 이미 개방 제자 여럿이 빙빙 돌면서 돌멩 이, 죽장, 독침, 더러운 물, 생선 뼈다귀 등을 던지기 시 작했다. 분명히 공격 자체는 유치한데 내가 함부로 움직 일 수 없는 위치에서 내공을 실어서 던지니까 짜증이 북 받쳤다.

쉬쉬쉬쉭!

하지만 그렇다고 저들 중 한 명에게 달려들어서 공격할 경우, '진을 빼는' 작전에 말려들어 주는 셈이 된다. 차 라리 다 같이 검이라도 들고 동시에 정면 승부를 걸어오면 좋을 텐데, 이런 공격은 처음 당해 보는지라 당황스러워졌다.

까강!

갑자기 구걸용 나무통이 날아와서 내 뒤통수를 스치고 지나갔다. 내가 살기 띤 눈으로 노려보자 그 거지는 다른 쪽 손에서 바둑알을 한 움큼 집어들고 있었다.

나는 마관양장진을 펼치는 개방문도들에게 악을 썼다.

"야, 이 치사한 놈들아!! 그냥 덤벼!"

"안 덤비지룽."

휙! 휙!

그리고는 먹다 남은 과일 껍데기도 던지기 시작했다. 정말로 피하긴 해야 하는데 짜증만 북받쳐 오는 공격이었다. 정말이지 거지 티를 제대로 내는 놈들인 것이다. 강호에서 생각하는 개방 문도의 모습과는 많은 거리감이 있었다.

개중에는 여자 방도도 있어서 허탈감을 느끼게 했다. 분명히 깨끗이 씻고 예쁘게 단장하면 아름다울 사람인데도 망설임 없이 개뼈다귀나 돌팔매질을 하고 있는 것이다. 게다가 던지는 손속도 장난이 아니게 매서웠다.

'말려들면 좋지 않아. 여기선 일단 도망쳐야겠다.'

나는 개방 사람을 별로 죽이고 싶지 않다. 인간적으로

좋다 싫다가 아니라 무협소설에서 개방은 언제나 정사중간(正邪中間)적인 존재다. 이득이 되면 우리 편이 되어 줄 수 있는 자들이기 때문에 공연히 되돌릴 수 없는 원한을 사는 건 좋지 않은 것이다.

물론 무당파는 예외다. 큰 적이 되든 말든 그런 위선자 놈들과 하하호호 웃고 싶지는 않다. 불공대천의 원수라면 그것대로 좋은 것이다.

휘익!

수선(水仙)의 움직임은 단순히 유려하게 적의 흐름을 읽어 내서 피하는 게 아니다. 신체의 흐름을 가장 적합한 방향으로 움직여서, 신법 자체를 매우 빨라지게 하는 효용도 없었다. 귀검(鬼劍)과 처음 싸울 때는 잘 몰랐지만, 그 후 한 달 동안 태월하 장로에게 가르침을 받으면서 수선을 더욱 명쾌하게 터득할 수 있었다.

내가 눈 깜짝할 사이에 마관양장진의 천권 방위를 돌파하면서 사 장 거리를 이동하자, 진을 구성하고 있던 개방도들이 당황해 했다.

"어린아이가 무슨 신법이⋯⋯!!"

하긴 복의개의 말이 맞긴 하다. 보통은 내 나이라면 막 성장기라서 무공의 기초나 닦고 있을 것이다. 하지만 나는 어찌어찌하다 보니 무공의 오의를 터득했으니, 익힌

만큼 사용해 줄 뿐이다.

내 신형이 진법의 허점을 자연스럽게 뚫어서 넘어가려고 할 때였다. 복의개의 몸도 빠르게 움직이더니 한쪽 손을 내밀어서 내 진로를 방해했다. 역시 개방도를 이끄는 자 답게 무공이 제일 나은 듯했다.

'장력(掌力)?'

그의 좌수(左手)가 나비처럼 휘어졌다. 정확히는 다섯 개의 변화를 천간에 따라서 헤쳐 오는데, 위력은 별거 없어도 떨쳐 내기가 힘들었다. 본 적이 없는 수법인 걸 보면 개방의 독문무공일 것이다.

어설프게 대항하면 막혀서 귀찮아진다. 그렇다고 여기에서 함부로 광혈인 공력을 쓰기도 그랬다. 광혈인 공력은 상대방의 내부에서 육체를 파괴시키는 성질이 있어서 자칫했다가는 엄한 사람을 잡을 수 있었다. 나는 별수 없이 장력을 흘려 내면서 잠깐 멈춰 설 수밖에 없었다.

파앙!

복의개와 나의 장력이 한 차례 부딪히면서 허공에 파공음이 울렸다. 전체적인 공력은 내가 복의개보다 달리는 듯, 내 손이 좀 더 밀려나 있었다. 하지만 복의개는 좋지 않은 표정을 지으며 신형을 바로잡았다.

"유극문(有極門)에 괴물이 나타났구나…… 미래가 두

려운 소협일세."

"알 게 뭡니까? 나한테 미래를 열어 줄 생각도 없으면서!"

"어떻게 알았지?"

복의개는 멋쩍은 표정을 짓더니 다시 손을 들었다. 그러자 흩어졌던 마관양장진이 다시 뭉쳐 버렸다.

"절대 오늘 보내 줄 수 없네. 우리와 함께 가 줘야겠어."

"그건 그렇고……."

"할 말 있나?"

"난 유극문이랑 상관없으니까 나랑 엮지 마시오."

내가 퉁명스럽게 말하자 복의개가 기이한 표정을 지었다. 그는 헛웃음을 흘렸다.

"소협. 자네가 쓰는 신법은 유극문의 것이고, 검법도 소영검법이지. 내공 연원은 잘 모르겠지만 누가 봐도 자네는 유극문도일세. 그런데 엮지 말라니."

"물론 배우기야 거기서 배웠지만……."

나는 짜증 나는 표정을 지었다. 최대한 권태롭고 기분 나쁜 척하려고 애썼다.

"그자들이 나를 파문하고 단전을 폐하려고 해서 겨우 도망쳐 나온 참이오. 안 그러면 이 어수선한 시기에 왜 강호를 돌아다니겠소?"

"……."

"뭐 관계를 엮으려면 그것도 좋겠지. 재수 없는 문파하나 무너지는 셈이니."

복의개는 내 거짓말이 분간이 안 가는지, 꽁한 표정으로 나를 관찰하고 있었다. 그 정도 살아온 사람은 사람을 대한 경험이 많아서 직감으로 진실과 거짓을 분별할 수 있기 때문이다. 하지만 나는 지난 한 달 동안 쓸데없는 감정을 감추는 방법을 성구몽 장로에게 훈련받았다. 경우 이상으로 감정이 흔들리지 않는다면 강호 누구 앞에서도 진실을 감출 수 있다.

"어린애를 왜 파문한다는 거지?"

"낸들 알겠소? 문주와 장로들에게 물어보구려."

이미 말을 다 맞춰 놓은 상황이다. 유극문 내에서 나는 죽일 놈이 되어 있다. 결국 복의개는 슬그머니 말을 돌렸다.

"그럼 더더욱 우리와 같이 가야 하지 않는가? 이대로 문파도 없이 강호를 떠돌다가는 자네는 정말로 쥐도 새도 모르게 죽을 걸세."

"하! 나는 무당칠검을 죽였소. 당신들이 나를 가만 놔둘 리 없다 생각하는데?"

"어흠! 내 입으로 이런 말을 하긴 뭐하지만……."

그는 주의 깊은 눈으로 내 눈을 응시했다.

"무당파는 정파 중의 정파일세. 아끼던 인재가 죽었다는 슬픔에 자네를 죽이려는 도사가 적지 않지만, 확실한 건 절대 소협에게 죽음을 내리진 않는다는 걸세. 살생은 금지거든."

"거 참, 사람을 꼬드기려고 별 수작을 다 부리는군."

나는 코웃음을 쳤다.

"그건 살생만 안 한다는 거잖소? 근골을 끊거나 단전을 폐한 채로 비동(秘洞)에 몇십 년간 가두거나 하겠지. 그게 죽는 거랑 뭐가 다르단 말인지."

"……."

무협소설에서 보던 전개를 대충 말해 봤는데 때려 맞춘 모양이다.

복의개는 더 말을 해도 먹히지 않을 거라고 생각했는지 묵묵히 땅에서 짱돌을 주웠다. 아마도 아까처럼 진법을 맞추고 열심히 돌팔매질을 할 생각인 듯했다.

말이 돌팔매질이지, 일반인이라면 일 초도 못 버티고 피떡이 되어 쓰러질 위력이다. 내가 버틸 수 있는 건 어디까지나 수선사계를 통달했기 때문이다.

나는 주먹을 말아 쥐었다.

"어차피…… 집을 나올 때부터 내가 있을 곳은 내가 정하겠다고 생각했으니까, 이건 시작일 뿐이다."

"착각하지 말게. 그건 우리가 정한다!"

파바바밧!

지금까지 진심이 아니었다는 듯, 개방도들은 더욱 빠른 속도로 움직이면서 각종 투척물을 쏟아 내었다. 교묘하게도 서로 부딪히지 않는 궤도로 던져지게끔 되어 있어서 갈수록 내가 피할 곳은 좁아지게 되어 있었다.

'이때다!'

나는 약 이백 초까지 흐름을 살피다가, 한순간 진법의 결속이 약해지는 부분을 발견했다. 그러자 지체하지 않고 오른손에 장력을 모아서 방위를 맡고 있는 개방도를 공격했다. 그는 재빨리 장력을 막아 내었지만, 내가 빠르게 달려들면서 다리를 걸자 앞으로 넘어지고 말았다.

꾸웅!

"저런!"

복의개가 경호성을 터뜨리며 날아들어 왔지만, 그의 신법보다는 내 신법이 훨씬 빨랐다. 나는 정면으로 복의개를 보면서도 뒤로 경공을 펼쳐서 휙 날아갔다. 한 번의 도움닫기로 무려 육 장을 날아갔으니 복의개는 죽장을 휘두를 공간도 손에 넣을 수 없었다.

나는 크게 웃음을 터뜨렸다.

"하하! 복의개 당신이 정할 수 있는 건 누워 잘 곳 뿐인 거 같은데!"

"잡아!"

뒤에서 거세게 개방도들이 쫓아오기 시작했지만, 나는 여유롭게 그들을 따돌릴 수가 있었다. 추종술(追從術) 때문에 행적은 숨길 수 없겠지만, 적어도 단숨에 나를 잡을 만한 인물은 그들 중에서 없었다.

'태월하 장로의 수선사계는 정말로 절세의 경공술이구나. 개방도는 신법 하나는 강호에서도 알아준다고 하는데, 마치 느림보 거북이처럼 느껴진다.'

그것도 내가 공력이 아직 미치지 못해서 완전한 공능을 발휘하지 못하는 상황이다. 만일 상응하는 내공이 있다면 수선사계를 이용해서 전설상의 경공술이라도 쓸 수 있을 것 같았다. 나는 한참을 달리다가 산기슭에 앉아서 쉬었다.

"후우…… 이쯤이면 적어도 한 식경은 쉴 수 있겠지."

이대로 계속 쫓기는 건 바람직하지 못했다. 잘 곳과 먹을 것을 마련하려면 적어도 행적을 들키면 안 된다. 하지만 거머리 같기로 유명한 개방 사람들을 떨쳐 내려면 보통 어려운 일이 아닐 것이다.

무협소설에서 이럴 때 제일 많이 쓰는 방법은 같은 추종술을 써서 행방을 헷갈리게 하거나, 아예 추적자를 다 잡아 족치는 두 가지 방법이 있다. 하지만 솔직히 말해서 일개 분타가 총출동해 있는 상황이라면 내 힘만으로 다 감당할 순 없다. 설령 다 죽일 수 있다손 치더라도 도주하는 놈을 막을 수 없으리라.

나는 고민을 하던 끝에 생각해 냈다.

"그래! 요는 쉴 곳만 있으면 되는 거잖아?"

무림의 세계에 있는 한 개방의 추적을 피하지 못한다는 건 무협소설의 일반적인 논리다. 그렇다면 전제 조건을 바꾸기만 하면 되는 것이다.

무림의 세계를 떠나자!

금분세수는 아니라도, 그냥 중원에서 떠나 버리면 되는 것이다!

4.
조력자(助力者)

"태오(太鳥)는 유극문에서 파문되었소."

구파일방을 포함해서 육대세가(六大勢家)의 십삼 개 문파가 연합해서 만들어진 게 바로 현재의 태천맹(太天盟)이다. 태천맹주는 십삼 개 문파 중에서 오 년에 한 번 임의로 뽑혀서 선출되며, 실질적으로 정파무림의 맹주라고 할 수 있는 사람이었다.

그런 태천맹주가 환령의 조그마한 무림문파인 유극문(有極門)에 특사(特使)를 보낸 건 이례적인 일이었다. 유극문이 검성천룡전 사강 진출자인 천무검왕을 배출한 명문(名門)이라고 해도 지금은 조그마한 시골 문파에 지나지 않기 때문이다.

특사가 찾아온 용건은 단 하나였다.

무당칠검(武當七劍) 강운표가 살해당했다!

그 범인은 유극문 소속으로 짐작되는 태오라는 어린아이였다.

사실 무당파 입장에서는 강호에 공공연히 떠벌리기도 민망한 일이었다. 무당칠검 중에서 최연소자가 이십육 세나 되었고, 강운표의 나이는 무려 이십팔 세였다. 태오의 나이를 십대 초중반이라고 가정하면 이제 갓 성장기에 들어간 어린아이에게 처참하게 패배당한 상황이기 때문이다.

그래서 무당파는 암중으로는 개방 방주에게 부탁해서 태오의 추적을 맡기는 한편, 현(現) 태천맹주인 초염권성(超炎拳聖)에게 압력을 넣어서 유극문에 진상 조사를 의뢰한 것이다. 태천맹주는 남궁가(南宮家) 출신의 순수 무골이라서 별 생각도 없이 유극문에의 사찰을 허락해 버렸다.

그리고 태천맹의 특사는 차를 마시다 말고 물끄러미 성구몽 장로를 바라보았다.

"그 말씀은…… 태오가 귀문의 소속이 아니란 말씀이십니까?"

"맞소. 태오는 파문되었소."

"어째서입니까?"

그는 서양에서 수입되었다고 하는 안경(眼鏡)이라는 물건을 치켜 올렸다. 특사의 이름은 제갈소(諸葛韶), 태천맹 제갈세가 소속이었다. 제갈세가는 전통적으로 무문(武門)이라기 보다는 정치에 깊숙이 관여해서 관부(官部)의 인물이 많았다.

제갈소 또한 낮게나마 형법(刑法)을 감독하는 성의 중급 관리 직책을 맡고 있었다. 태천맹의 특사 신분을 떠나서 제갈소는 개인적으로 살인 사건을 조사할 권한이 있는 것이다.

성구몽은 제갈소의 신분에 떨떠름함을 느끼며 대답했다.

"존장을 모욕하고 지닌 무공으로 문파 내에 분란을 일으켰소. 나와 태월하가 놈의 파문을 주장했고, 문주께서 수락하심으로서 파문이 성립되었소."

"파문이라 함은 대개 사지의 하나를 끊거나, 혹은 근골에 심대한 피해를 줘서 무공 시전이 불가능하게 하거나, 단전을 폐쇄함을 말합니다."

제갈소가 날카로운 눈으로 째려보았다.

"……허나 요즘 태오의 종적을 들으면, 귀문에서는 파

문을 해 놓고 셋 중 어떤 조치도 하지 않으셨더군요."

"어쩔 수 없었소."

성구몽 장로가 눈썹을 찡그렸다.

"어찌나 눈치가 빠른지, 새벽에 의결해서 직접 꿇려앉히러 갔을 때는 도주하고 없더구려. 우리 제자 중 한 명이 재빨리 놈을 추적했지만 막지 못했소."

"호오! 그 제자를 만날 수 있을까요?"

"물론이오. 들어와라, 낙무."

드르륵!

미닫이문이 열리며 낙무라고 불린 평제자가 걸어 들어왔다. 헌앙한 체격에 뛰어난 근골을 지니고 있는 청년이었다. 제갈소는 안경을 매만지면서 말했다.

"자네 이름이 뭔가?"

"평제자 낙무라고 합니다. 유극문에서 사사한 지 사 년이 조금 넘었습니다."

"사 년이라. 한창 발전할 때로군. 나쁘지 않아."

중얼거리던 제갈소가 말했다.

"낙무. 이번 일은 매우 중요한 일이라네. 그대 문파의 반도(反徒)가 강호를 어지럽히고 있어서 내가 여기까지 온 것이지. 사실대로 다 대답해 줘야 하네."

"물론입니다."

"자네는 어째서 문외(門外)에서 태오를 막을 수 있었지? 본래 문파의 제자는 산문(山門)을 나서는 게 엄격히 금해질 텐데."

낙무는 여상한 표정으로 대답했다.

"늘 그런 것은 아닙니다. 문규(門規)에서도 반경 오십여 장 이내라면 빠르게 귀환한다면 돌아다닐 수 있게 되어 있습니다. 저도 새벽부터 정신이 맑아서 아침 운동을 하러 갔을 뿐입니다."

"아침 운동이라. 그럼 자네가 태오를 막은 까닭은 뭐지?"

제갈소의 눈이 날카롭게 빛났다.

"태오를 파문하기로 결정한 건 장로가 의결해서 문주가 극비리에 승인한 일. 자네가 그걸 알고 있을 리도 없고, 그렇다면 태오가 아침 운동하러 나왔다고 생각하는 게 정상 아닌가?"

"아닙니다."

"아니라고?"

"파문제자라고 생각해서 겨룬 건 아닙니다. 전 놈에게 이기고 싶은 감정이 있었고, 때마침 보이길래 대련을 했을 뿐입니다. 나중에서야 도주하던 중이라는 사실을 알게 되었습니다."

"대련이라……!!"

제갈소가 허탈하게 웃었다.

분명히 낙무의 말은 아귀가 맞다. 뿐만 아니라 유극문에 와서 보고 들은 게 모두 얼추 맞았다. 하지만 뛰어난 두뇌의 소유자인 제갈소는 어딘가에 위화감이 숨어 있다는 사실을 알아차리고 있었다. 아직 논리적으로는 설명할 수 없지만, 위화감이 존재하는 한 거짓도 있게 마련이다.

제갈소의 표정이 심상치 않자, 태월하 장로가 급히 주제를 바꾸었다.

"아! 그러고 보니 태오 그놈은 잡았답니까? 천하의 망종 자식!"

"아니오 장로님. 아쉽게도 재빠르고 무공이 강해서 개방에서도 애먹고 있다고 합니다. 그 복의개가 낭패를 봤다고 하더군요."

"복의개가!"

태월하가 약간 놀란 표정을 지었다.

복의개는 개방에서도 꽤 알려진 유명한 사람이다. 허술한 행동에 바보 같아 보이는 언행이지만, 그 무공 실력과 작전 수행 능력은 개방 전체에서도 손꼽힌다. 태월하가 활동하던 시기에도 젊은 복의개는 개방의 희망이나 다름없었다.

제갈소가 피식 웃었다.

"걱정 마십시오. 태천맹주께서도 사태의 심각함을 알게
되셨고, 칠 주야 이내로 뛰어난 추살대(追殺隊)를 꾸려서
태오를 잡을 예정입니다. 아무리 뛰어나도 결국 개인이라
면 추살대를 당해낼 수 없는 법이지요."

뜻밖의 말이었다. 성구몽 장로가 당황해 했다.

"잠깐만 추살대라니! 태오를 잡아서 들을 게 있는 게
아니었소?"

"그렇긴 합니다만……."

제갈소는 곤란한 듯 주변을 슬쩍 둘러보았다. 그리고는
몰래 성구몽 장로에게 전음을 넣었다.

"무당파의 입김이 많이 작용했습니다."

"무당파?"

"체포되어 버리면 죽일 수가 없으니까요. 저항하면 사
살해도 좋다는 지침을 내리게끔 무당 장문이 요청한 듯합
니다."

"……."

성구몽 장로는 속으로 탄식했다.

'말코도사란 말이 틀리지 않구나! 도(道)를 닦는다는
놈들이 어찌 사람 잡아 죽이기를 즐기고 옹졸하단 말인
가?'

물론 성구몽 자신도 그렇고 태오도 살인에 그다지 거리낌이 없다. 무림인으로 살아가다 보면 사람 한둘 죽이는 건 그리 큰일이 아니기 때문이다. 언제나 명분이 중요할 뿐 살인 자체는 크게 금기시되는 일이 아니다.

하지만 무당파는 이야기가 달랐다. 천하 도가의 종주라고 불리면서 인간 본질의 도를 닦는 도사들의 집합체이다. 그런 곳에서 제자 하나가 죽었다고 똑같이 피로 응보하고자 하다니! 이래서야 일반 사파와 다를 바가 없다.

제갈소가 말했다.

"추살대가 출동하면 태오를 잡는 건 확정적입니다. 지룡전(地龍戰)급 무인 십 인(十人)으로 이루어져 있으니, 천룡전 출전자라고 해도 빠져나갈 수가 없습니다. 귀 문의 입장을 보아서 가능하면 목숨을 붙이도록 말을 해 두겠습니다."

"……."

제갈소는 이후에 몇 마디를 장로들과 나눈 뒤 방에서 빠져나갔다.

성구몽 장로는 제갈소가 완전히 장내에서 사라진 걸 확인한 후에 입을 열었다.

"큰일났군. 이대로라면 태오가 죽어."

"지룡전 출전자라고 한다면, 지룡전까지 나갔다가 그대

로 태천맹에 고용된 절정고수들을 말하는 걸까요?"

채은 장로가 부채를 부치며 나직이 말했다. 태월하 장로는 방립을 푹 숙이면서 동의했다.

"그럴걸. 만만한 놈들이 아니야. 열 명이면 나도 목숨을 걸어야 상대할 수 있어."

한때 장강사신이라고 불리며, 혼자서 장강수로채를 멸망시켰던 전설적인 수공의 고수 태월하! 그조차도 목숨을 걸어야 할 정도로 막강한 세력이었다.

"오라버니뿐만이 아니에요. 지룡전에 나갈 정도면 한 지역의 패주 노릇도 할 수 있지요."

"크으……."

성구몽 장로는 팔짱을 끼고 있다가 말했다.

"태천맹의 힘이 정말 두렵구나. 삼십 년 전만 해도 이 정도는 아니었는데, 지룡전급 고수 열 명을 고작해야 추살대 일개 부대로 거느릴 수 있다니…… 현재 천하통일에 가장 가까운 세력일 것이다."

"'그' 가문(家門)의 힘이죠. 솔직히 그들 외에 누가 인물이라고 할 수 있겠어요?"

"크크, 정말이지 황제(皇帝)의 집착이란 건……."

"……."

침묵이 감돌았다.

성구몽 장로가 턱을 괴고 고민하는 모습을 보고 있던 채은 장로의 눈이 반짝였다. 그녀가 천천히 입을 열었다.

"놔두는 것도 좋죠."

"뭐라고?"

"어차피 제약 때문에 우리는 후인(後人)을 만드는 게 허용되지 않아요. 그렇다면 태오가 죽고 나면 뒷일을 걱정할 필요도 없다는 거죠."

쿠구구.

그 순간, 채은 장로는 자신의 전신이 한기로 얼어붙는 것을 느꼈다. 무표정한 눈으로 응시하고 있지만, 성구몽과 태월하의 무형기(無形氣)가 자신을 압박하고 있기 때문이다. 의남매라서 차마 살기는 쏘아 내지 못했지만 건방진 소리는 집어치우라는 뜻이었다.

채은 장로는 한숨을 쉬며 부채를 부쳤다.

"알았어요, 알았어. 정말이지 다들 늙어 가면서 성격만 이상해져서."

"누가 보면 동생은 안 늙는 줄 알겠네."

"못된 소리는 하지 마세요."

채은 장로가 삐친 표정을 지었다.

성구몽 장로가 말했다.

"우선 이 상황에 우리가 할 수 있는 일은 없다. 녀석이

운이 좋다면 살아날 테고, 아니면 죽겠지."

"형님, 그걸 말이라고 하시오? 개방이 천라지망을 펼쳤고 곧이어 지룡전급 절정고수가 열 명이나 투입되오. 나라고 해도 살아나기 힘들 거 같은데⋯⋯."

"크크크. 태오가 귀검을 이긴 건 말이 되느냐?"

"⋯⋯."

"녀석은 애초에 우리 상식이 통하지 않는 놈이야. 마치 초대(初代) 검성(劍聖)의 전설을 보는 것 같아."

아련한 눈으로 성구몽 장로가 하늘을 바라보았다.

"확실한 건 살아남는다면 놈은 우리 손을 떠난 존재가 된다는 거다."

"그건 그때 일이고⋯⋯."

태월하 장로가 귀찮다는 듯 문 바깥을 손가락으로 가리켰다.

"저기 낙무란 녀석은 어떻게 할 거요? 며칠째 계속 제자로 받아달라고 애원하는데."

"그래. 이 이야기도 마무리해야지. 들어와라 낙무."

드르륵.

낙무는 문 바깥에서 미동도 없이 서 있다가 말이 떨어지자 그제야 걸어 들어왔다. 낙무의 헌앙한 모습을 본 성구몽 장로가 흡족한 듯 말했다.

"아주 잘했다. 우리 부탁대로 말을 맞춰 줘서 고맙다."

"아닙니다. 장로분들을 위해서 도움이 될 수 있어서 기쁩니다."

"그럼…… 약속대로 우리 셋 중 한 명의 제자로 받아주기로 하겠다."

약속은 단 하나였다. 세 장로들은 문주와 함께 얼마든지 말을 맞출 수 있었지만, 태오와 직접 만나서 겨룬 낙무는 어쩔 도리가 없었다. 원래라면 죽이거나 땅에 묻겠지만 그랬다가는 제갈소의 날카로운 눈치에 걸리고 말 것이다. 어쩔 수 없이 낙무를 어떻게든 꼬드겨서 말을 맞춰야 했는데, 낙무가 대가로 내세운 것이 제자 요청이었다.

낙무는 채은 장로를 바라보았다.

"제게 가르침을 부탁드립니다."

"어머나!"

채은 장로는 묘한 표정을 지으며 낙무를 보았다.

"할 수 있겠어?"

그녀는 낙무의 재질이 보통 이상이란 건 알고 있었지만 그리 특출나지 않다는 것도 알았다. 뼈빠지게 수련하면 경지에 도달하겠지만 결코 음공(陰功)을 대성하긴 힘들리라.

게다가 음공을 익히면 파괴력이 강한 대신에 남성의 정

력(精力)에 그리 좋지 않았다. 남자가 익히면 잘못하면 고자가 될 수도 있는 위험한 무공을 익히려 하는 게 그녀에게는 이해가 되지 않는 것이다.

낙무는 힐끔 성구몽 장로와 태월하 장로를 돌아본 후 말했다.

"분하지만 태오 녀석은 말도 안 되는 천재입니다. 저는 뒤늦게 따라 배워서 녀석을 능가할 자신이 없습니다. 한다면 녀석이 수련한 적 없는 분야를 통해서, 궁극의 경지에 도달하고 싶습니다!"

"……뭐, 낙무 네 재질도 둔재는 아니니까 걱정 마렴. 하지만……."

채은 장로가 한숨을 쉬었다.

"강호에서 천빙마녀(天氷魔女)라는 사람만 만나지 말려무나. 내 사저(師姐)는 빙궁(氷宮)의 절기가 유출되는 걸 결코 용납하지 못하니까."

"……네."

천빙마녀!

천무검왕과 함께 십여 년 전의 검성전 사강(四强)에 출전했던 초강자! 천휘문의 귀검이 화산파 대장로마저도 꺾었지만, 귀검을 백여 초만에 간단히 쓰러뜨림으로서 천하음공(陰功)의 종주(宗主)라는 사실을 증명한 북해빙궁의

궁주(宮主). 그녀는 영원히 늙지 않는 소녀의 모습이라고 하며 은빛 머리칼과 새하얀 피부를 지니고 있는 이국적인 외모라고 전해졌다.

물론 천빙마녀도 '그' 가문의 벽을 뛰어넘지는 못했지만 현 강호에서는 단연 최강급이라고 할 만한 절세고수였다.

천빙마녀의 명호를 듣자 낙무는 전신이 오싹하는 걸 느꼈다.

'그래, 이거다! 나는 지옥에서 기어올라 가서 너를 뛰어넘어 주마, 태오!'

그걸 위해서 한번에 태오와 유극문을 몰락시킬 기회를 버리면서까지 거짓말에 장단을 맞춰 준 것이다. 강호 어디를 가도 삼장로 만큼의 초고수들에게 배울 기회는 없기 때문이다. 낙무는 주먹을 불끈 쥐었다.

'검성전 때 두고 보자!'

                    *   *   *

"뭐? 태오의 움직임이 신농가(神農架)에서 바뀌었다고?"

개방의 천라지망은 보통 스무 명이 삼 개 조를 이루어

서 반경 오십 리를 감싸는 식으로 이루어진다. 고작해야 스무 명이 오십 리나 되는 범위를 어떻게 감시하느냐고 할 수 있겠지만, 결코 그렇지 않다. 추종술을 전문적으로 익힌 자는 자기 주변 십여 리는 훤하게 지형을 들여다볼 수 있고, 심지어 [사냥감]의 마음도 어느 정도 읽을 수 있다. 그런 전문가들이 스무 명이나 나눠져 있으니 사냥감은 결코 빠져나갈 수 없게 되어 있다.

태오도 마찬가지 상황에 빠져 있었다.

태오 개인의 경공은 물론 개방도 누구보다도 빨랐지만 어차피 갈 방향만 예측할 수 있으면, 다른 지부에서 온 개방도들이 위치를 선점하면 그만이다. 산도 잘 타고 바람도 잘 읽는 사람들이 작정하고 중요한 위치에 가 있으면 결코 종적을 숨길 수 없다. 태오는 완벽히 달아났다고 생각하지만 고작해야 반 시진만에 있는 곳이 탄로났다.

개방도들은 태오를 발견했지만 섣불리 공격하지 않았다. 마관양장진은 겉보기에는 우스워 보이지만 강호의 절정고수도 여럿 때려잡은 적 있는 탁월한 진법이다. 그게 통하지 않았다면 태오를 일대일로 누를 만한 고수는 없다고 봐도 무방한 것이다.

호북 지역의 양위 분타주는 어이없는 표정을 지었다.

신농가는 산이 우거지고 주로 약초와 작물이 잘 자라기

로 유명한 높은 지역이다. 다들 태오가 사람의 이목을 피하기 위해서 신농가를 경유해서 호수쪽으로 갈 거라고 생각하고 있었다. 도시로 가면 갈수록 개방이 그를 감시하기는 수월해지기 때문이다.

하지만 뜻밖에도 태오는 거침없이 근처에 있는 작은 마을, 호평(扈評)으로 걸음을 옮기고 있었다. 양위 분타주는 신중하게 지도를 살피다가 옆에 있던 개방도에게 물었다.

"이봐. 호평에서 제일 가까운 마을이 어디지?"

"포철(咆澈)입니다."

"포철에서 십여 리만 가면 호북성이군."

"……."

두 사람은 태오의 목적을 알아채고 좋지 않은 표정을 지었다. 옆에 서 있던 개방도가 믿겨지지 않는다는 듯 말했다.

"이 녀석, 호북성으로 직진하고 있는데요?"

"미친 건가! 성으로 들어오면 이놈은 숨도 못 쉬어. 그것도 모르는 꼬맹이인가?"

"그럴 리는 없습니다. 지금까지 우리 천라지망의 범위를 대충 파악하고 가끔씩 몸을 숨길 정도로 똑똑해요. 아마 무슨 생각이 있는 걸 겁니다."

양위 분타주가 어깨를 으쓱했다.

"성안에서라면 개미 새끼 한 마리도 우리 이목을 벗어날 수 없어. 잘됐군."

"꼭 그렇진 않잖습니까?"

"뭐?"

"흑도나 사파 무리들이 한 번 비호하기 시작하면 파고들기가 껄끄러워집니다. 놓칠 가능성도 적지 않습니다."

"훗!"

걱정이 많은 개방도였다. 그만큼 똑똑하고 섬세하다는 뜻이었기에 양위는 그저 한 번 피식 웃고는 어깨를 두드렸다.

"원래라면 그럴 거야. 하지만 우리는 이번에 태오놈을 포박하는 게 목적이 아니라 종적을 보고하기만 하면 돼. 그렇다면 사파와 손을 잡더라도 [흔적]은 남게 마련이야. 결국 인간의 세력을 이용하면 추적하기는 더 쉬워진다는 말이지."

세력의 움직임을 쫓는 데 있어서 개방을 능가할 단체는 단 하나밖에 없다. 그리고 그 단체는 오직 황제에게만 복종했다.

"그, 그렇군요."

"자네가 태오의 움직임을 반 식경 단위로 보고해. 이

속도면 아마 세 시진 내에 호북성에 도착할 테니, 그때까지는 지켜보자고."

그들의 말대로였다.

태오는 더 이상 숨거나 도망다니는 게 귀찮게 느껴져서, 이제는 인적 없는 소로가 아니라 대로변으로 나와서 당당하게 걸어 다니고 있었다. 숲 속은 벌레가 많아서 기분이 나쁜 탓도 있었다. 태오의 모습을 멀리서 지켜보던 개방도들은 유심히 그의 행보를 관찰했지만 딱히 대단한 변화는 보이지 않았다.

그리고 양위의 예측도 틀리지 않았다.

호평 마을에서 간단하게 은자를 내고 요기를 한 후, 태오는 포철에서 쪽잠을 잤다. 그리고 체력이 조금 회복되자 터덜터덜 걸어서 거대한 호북성 성문 앞에 섰다. 호북성은 매우 큰 성이라서 성문 앞에는 각종 상인과 민간인들이 인산인해로 북적이고 있었다.

와글와글.

개방도들은 사람들로 북적여서 한 치 앞도 보기 힘든 상황에서도 태오에게 시선을 고정하고 놓치지 않았다. 살기도 죽이면서 오로지 태오의 움직임 하나에만 집중했다. 이윽고 태오가 호패를 제출하고 성문 안으로 진입하는 순간 개방도들의 분위기가 바뀌었다.

보고를 받은 양위 분타주가 경악성을 내질렀다.

"뭐, 뭐라고?!"

"사실입니다! 서둘러 대응하셔야 합니다."

그는 멍한 표정을 지었다.

"육선문(六扇門) 군영(軍營)으로 들어갔다고!!"

육선문!

다른 이름으로는 아문(衙門)이라고 불리며 독량도(督糧道)의 관아를 가리킨다. 옛날의 군대 장수들이 무력을 상징하는 맹수의 날카로운 발톱이나 이빨을 자신의 집무실에 두는 관행이 있었기 때문에 군영의 대문을 '아문'이라고 불렀다. 이후로는 군영 밖에 나무로 조각한 커다란 짐승의 이빨을 장식을 설치하거나 깃대 상단에 짐승 이빨을 장식하고 깃발 가장자리를 이빨 모양으로 장식하게 되었다.

쉽게 말하자면 군대(軍隊)였다. 양위 옆에 서 있던 한 사내가 얼빠진 표정을 지었다. 그는 작전을 위해서 충원되었으며, 태오를 상대하기 위해 특별히 파견된 고수(高手)였다.

"이봐 양위. 지금 이게 무슨 소리야? 놈이 육선문으로 들어갔다는 게 무슨 뜻인데?"

"무슨 뜻이긴 무슨 뜻입니까! 무공은 그렇게 높은 양반이 머리는 안 돌아갑니까?!"

양위가 답답한 듯 자기 가슴을 쳤다. 상대방의 신분이
자기보다 훨씬 높아서 함부로 대할 수 없는 것이다.

"육선문을 넘은 자는 그 순간부터 군역(軍役)에 임할
뜻이 있는 것으로 간주되고 간단한 시험을 치른 후, 병영
(兵營)에 배치됩니다. 병졸이 된단 말입니다!"

"엉? 군인이 된다고 그놈이?"

파견된 고수, 태천맹(太天盟)의 지룡부(地龍部) 서열
제사위(四位), 흑영창(黑影槍) 임괴(臨壞)가 어이없어 했
다. 그의 본가인 임씨 가문에서 할아버지가 잠시 군인을
지냈지만 이후에는 무림방파로 삼대를 이어져 왔다. 그러
다 보니 양위의 말을 선뜻 이해하지 못한 것이다.

아니, 그보다 누구도 하지 못한 발상이다. 개방의 천라
지망에 쫓기다가 군대에 투신해 버리다니! 그것도 아직
군역도 수행할 수 없는 어린 소년이 했다고는 생각할 수
없는 수준의 발상이었다.

임괴는 잠시 머리를 굴리다가 말했다.

"병졸쯤이야 제갈가(諸葛家)의 힘을 써서 빼면 되잖나.
제갈가는 관리가 많으니까 병졸 인사 관리 정도는 어렵지
않겠지."

"그렇긴 합니다만…… 지금 태오가 넘은 곳이 골치입

니다."

"호북성에 육선문도 여러 장소가 있지. 어디인가?"

"부성(賦城)입니다."

"……."

도리어 임괴의 얼굴이 하얗게 질렸다. 그는 잠시 입을 뻐끔거리다가 한숨을 푹 내쉬었다.

"……난 처음에 고작 십대 꼬맹이 잡는데 나를 부르길래 뭔 일인가 했네. 허나 그 태오라는 꼬맹이는 미쳐도 단단히 미친 듯하군."

"그러게 말입니다."

"제놈이 그냥 죽고 싶은 게지. 설마 삼왕야(三王爺)의 직할 관아에."

"알고 들어갔을까요?"

"모르고 갔겠지. 삼왕야의 악명은 환령까지 알려져 있진 않아."

양위는 조심스럽게 임괴의 눈치를 살폈다. 답답해서 소리를 지르긴 했지만 원래 임괴는 양위와 비교될 신분이 아니다. 천하의 무인이 모이는 검성전에서 당당히 지룡전 상위 서열로 천하에 무위(武威)를 뽐낸 절정고수이며 창의 달인(達人)이다. 행동의 결정권은 흑영창 임괴에게 있었다.

"어떻게 할까요?"

"어쩔 수 없지. 삼왕야의 건물로 들어갔다면 우리가 건드리는 건 불가능하네. 내가 먼저 태오의 움직임을 묶어 놓고 나머지 지룡부의 고수들이 포박할 예정이었지만, 일단은 두고 봄세."

"……."

삼왕야 유의필(劉義泌).

현 황제(皇帝)의 셋째 동생이자, 현 교주 도독(都督)의 딸과 결혼한 황족(皇族)이다. 현재는 환명왕(渙冥王)으로 책봉되고 명목상으로 호북성을 지배하고 있는 자였다. 하지만 그건 명목일 뿐, 실제로는 호북성주가 모든 실권을 쥐고 있었고 그는 하루하루 놀고먹는 처지일 뿐이었다.

문제는 삼왕야가 쓸데없이 무공(武功)에 대한 관심과 열정이 높은데다 괴짜라는 사실이었다. 그는 한 가지 이유로 무림(武林)에 악명을 떨쳤는데, 한 번은 태천맹주가 직접 조정에 간절한 상소를 올렸을 정도였다.

그 '악명'을 생각한 임괴가 한숨을 쉬었다.

"어쩌면 우리가 나서기도 전에 꼬맹이가 죽을 수도 있겠군."

5.

삼왕야(三王爺)

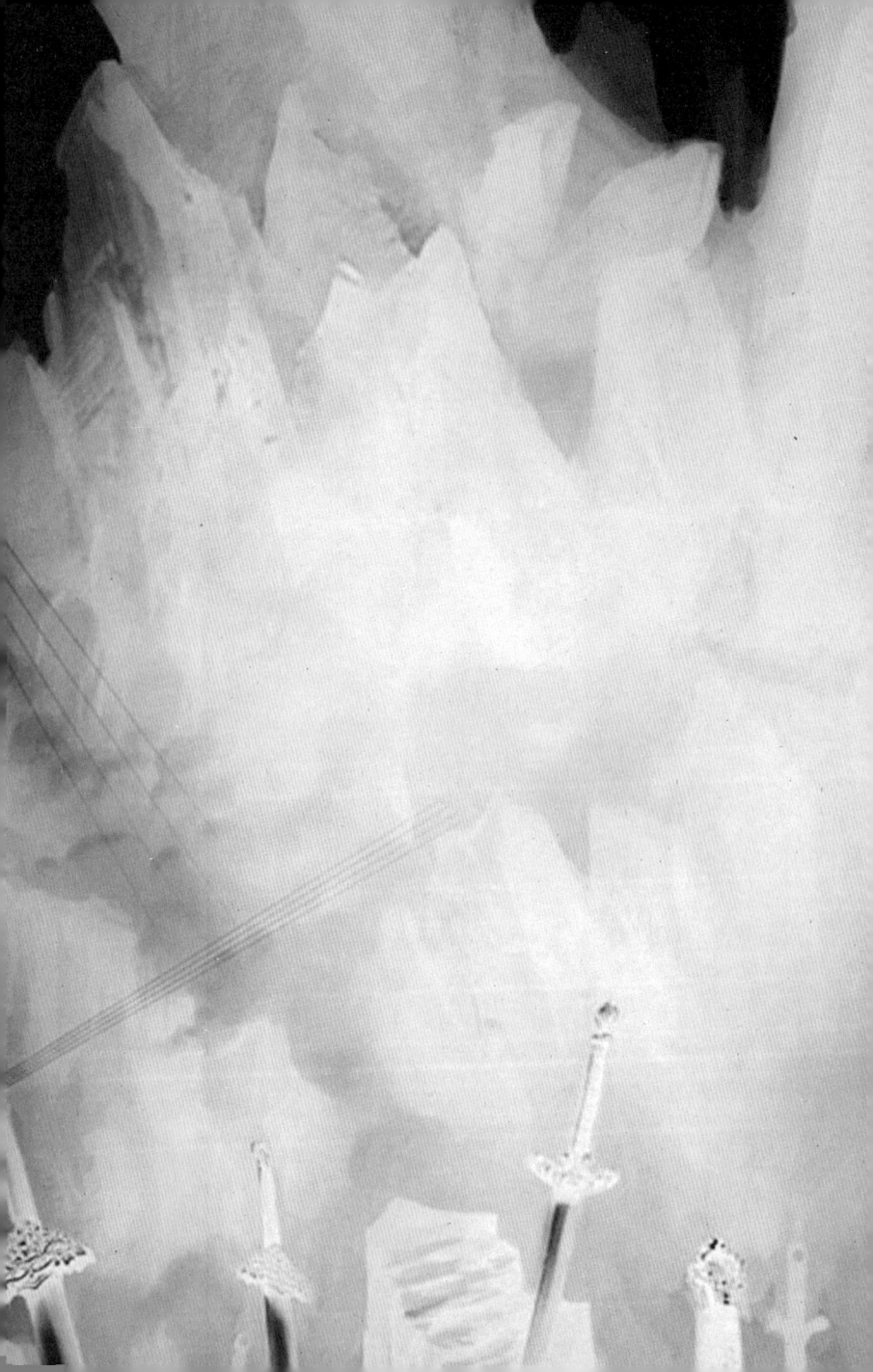

군인이 되자!

할 수 있다면 새외(塞外)로 빠질 수 있도록 하자.

내가 생각해 낸 간단한 사태 해결법이다.

개방이 아무리 대단한 조직이라고 한들 무림의 조직이다. 관가에까지 미칠 수 있는 영향은 제한될 수밖에 없다. 물론 이번 일의 중심에 무당파가 있다고 생각하면, 얼마든지 관가에 영향력을 부릴 수도 있겠지만, 나는 별로 신경 쓰지 않았다.

왜냐하면 왜인지 모르지만 지금 이 순간에도 나도 모르게 수선(水仙)과 사룡광마혈(死龍狂魔血)의 진경(進境)

이 상승하는 게 느껴졌기 때문이다. 개방 거지들과 싸웠던 경험이 도움이 된 걸까? 전에 조금씩 이해가 되지 않던 동작들이 더욱 자연스럽게 이어지고, 전신에 열기가 화끈하게 일어나더니 내공이 상당히 늘어났다.

아마도 다시 복의개와 싸우면 내가 쉽게 이길 것이다. 복의개가 강호에 명망 높은 고수라는 걸 생각하면 꽤 놀라운 일이다. 왜냐하면 나는 무공을 익힌 지 반년도 되지 않았기 때문이다. 그렇다고 해서 딱히 영약을 먹은 것도 아니니 황당한 일이라고 할 수도 있었다.

하지만 지금은 이걸로 좋다. 알아서 경지가 올라간다는데 싫어할 이유가 어디 있는가? 나는 마음을 편하게 먹으면서 관부 건물을 찾기 시작했다.

'분명히 이름이 육선문이었지?'

국법(國法)에 따르면 누가 되었든 간에 아직 군역을 행하지 않은 평민이 육선문을 넘는다면, 군역을 실행할 의지가 있는 걸로 간주된다. 아버지도 그것 때문에 젊은 시절에 육선문을 멋모르고 넘어서 삼 년이나 다른 지방으로 끌려간 적이 있다고 한 적이 있었다.

나는 한참을 두리번거리다가 꽤 화려하고 커 보이는 건물을 찾았다. 특이하게도 기와가 약간 붉은빛을 띠고 있는데다가 대문이 다른 건물보다 두 배나 컸다. 분명히 육

선문이라고 쓰여져 있어서 병역 모집이라는 사실을 확인
했다.

건물 앞에 서 있던 병사가, 나를 발견하자 창을 들이밀
었다.

"거기 서라! 꼬맹아."

"네."

"여긴 뭣 하러 왔냐? 장난하는 데 아니니까 썩 가 버
려!"

병사가 짐짓 표정을 무섭게 하는 걸 보면, 정말로 나를
애 취급하는 모양이었다. 나는 화는 안 났지만 이 상황을
어떻게 해야 할지 고민했다. 나는 결국 진지함으로 다가
가기로 마음먹고 병사에게 말했다.

"저기 형님."

"누가 형님이야?"

"전 먹고살려고 촌에서 상경했는데요…… 먹고살 길이
없어서 병사가 되려고 왔습니다."

"으음……."

병사가 멈칫거렸다. 내가 말한 예는 요즘 시대에 별로
드문 것도 아니었다. 시대는 풍요로웠지만 농촌에서 제대
로 자기 논밭을 일구지 못하는 자들은 성에 와서 거지처
럼 빌어먹고 살기도 했다. 나를 그런 사람으로 보았는지

병사는 고민하다가 말했다.

"어이, 너. 글씨는 쓸 줄 알아?"

"네. 이름도 쓸 줄 알아요."

병사는 내게 허름한 죽간(竹簡)을 내어 주었다. 설기가 약해서 금방에라도 떨어질 것 같았다. 그리고 끝이 다 갈라진 붓을 주면서 말했다.

"이름 쓴 다음에 그거 들고 안으로 들어가서 교위(校尉)님께 보여드려라."

"네."

나는 들고 들어가려다가 획하고 뒤를 돌아보았다.

"교위가 뭐하는 사람인데요?"

"이 자식! 말 조심해라. 안에 들어가면 붉은 무관복을 입은 젊은 분이 계실 거다. 그 분께 보여드리란 말이다."

"아, 네네."

호통을 치는 걸 보면 교위라는 사람 앞에서 말조심을 해야 하는 모양이었다. 나는 아무래도 좋다고 생각하며 죽간에 붓으로 이름을 쓴 후에 건물 안쪽으로 걸어 들어갔다.

'육선문을 넘었으니 이젠 군인의 길을 피할 수 없구나.'

속이 약간 답답해졌지만 그러려니 했다. 어차피 살아만

있으면 언제고 환룡을 만날 수 있을 게 아닌가? 지금은
일단 살아남는 게 중요하다고 생각했다.

계단을 타고 복도를 걸어 들어가자 곧 붉은 옷을 입은
사내가 보였다. 그는 확실히 병사의 말대로 젊어 보였는
데, 무표정하고 영 깐깐하게 생겼다. 그는 내가 허름한 옷
에 죽간을 들고 온 걸 보자 대뜸 말했다.

"지원병이냐?"

"네."

"죽간 이리 줘 봐라."

그는 말이 끝나자마자 내 손에서 죽간을 매 발톱처럼
채 갔다. 황당해서 가만히 있자 교위라는 청년은 죽간을
탁상 위에 던져 놓고는 말했다.

"넌 여기서 일한다는 게 무슨 뜻인지 알고 들어온 거
냐?"

그 말투에는 못마땅함, 어이없음 같은 감정이 포함되어
있었다. 나는 불안함을 느끼면서도 최대한 연기력을 살렸
다.

"네? 그냥 군인이 되면 먹고살 수 있다길래……."

"흠. 상관없지. 일단은 날 따라와 보거라."

이번에도 역시 말을 끝까지 듣지도 않고 성큼성큼 걸음
을 옮겼다. 불친절한 태도였지만 뭔가 이유가 있다는 생

각이 들어서, 나는 잠자코 그를 따라갔다. 반 각 정도 걸음을 옮기자 왠 화려한 내부 건물이 다시 등장했는데, 용과 잉어 장식이 교차하면서 한 땀 한 땀 놓아져 있는 훌륭한 모양이었다.

'대단한데.'

이렇게 화려한 건물은 처음 보기에 내가 멍하니 보고 있는데, 교위가 싸늘하게 말했다.

"건물 안에 들어가면 일 층 안쪽에 각양각색의 무기가 비치되어 있을 것이다. 그중에서 네가 마음에 드는 걸 하나 집고 나와라."

"네……?"

뭔가 이상하다. 내가 알기로 일개 병졸들은 그냥 무기가 창(槍) 하나로 통일이다. 게다가 군영에서 병졸 일을 하는 거면 교위가 직접 끌고 오는 게 아니라 병사들 사이에 던져 놓아야 정상 아닌가? 내가 혼란스러워하자 교위가 소리를 버럭 소리를 질렀다.

"빨리 갔다 오라고!"

"네, 넷!"

나는 끝까지 어리숙한 연기를 해야만 했다. 이제 와서 단련된 살기를 뽐다가는 의심을 살 수가 있기 때문이다. 건물 안에 들어가자 확실히 십팔반 무기, 기병(畜兵), 화포(火砲), 쇠뇌, 심지어는 생전 처음 보는 외국의 무기도 있었다. 세상에 검(劍) 이외의 무기가 이토록 많다는 게 믿겨지지 않을 정도였다.

거대한 공동처럼 되어 있는 층을 둘러보다가 나는 뭔가 이상함을 느꼈다.

'뭐야? 왜 전부 양날로 되어 있지?'

날이 있는 무기는 대개 사용자가 실수로 다치는 일을 방지하기 위해서 날 한쪽은 안 들도록 만드는 게 일반적이다. 그러나 여기는 장검, 단검, 중병기, 청룡도를 막론하고 모두 날이 양쪽으로 나 있었다. 이런 무기는 보통 잘못 만들었다고 하며 대장간에서 녹이는 게 보통이었다.

나는 껄끄러움을 느끼면서도 그중에서 제일 튼튼하고 검의 균형이 잘 맞는 장검을 하나 들고 나왔다. 어차피 의심을 사지 않기 위해서 원래 쓰던 장검을 산에 던져 두고 왔으니, 이걸로 새로운 무기가 생겼다고 생각하면 되는 것이다.

내가 밖으로 나오자 교위가 차갑게 말했다.

"잘했다. 이제 네 무기는 그거다. 오늘부터 그걸 열심히 수련하면 된다."

"네……?"

"그럼 이제 왕야 어른께 인사드리러 가자."

영문을 알 수가 없다. 내가 이상한 곳에 들어왔다고 생각하면서도 호기심이 일어났다. 대체 이곳에서는 병졸에게 어떤 일을 시키는 것일까?

"신입 데리고 왔소."

이윽고 교위는 커다란 별전에 들어가더니, 문관(文官)과 무언가 대화를 나누는 듯했다. 그리고는 마치 내시를 연상시킬 정도로 쫙 째지는 웃음을 짓는 문관에게 나를 인도하고 가 버렸다.

문관은 나를 돌아보며 말했다.

"호호호! 이번에는 얼마나 견딜꼬."

"무슨 말씀이신지……."

"자자. 왕야 어른을 뵈면 네가 할 것은 따로 없느니라. 그냥 고개를 땅에 박고 어르신의 말이 끝날 때마다 '황송합니다'라고 하면 되느니라. 그게 끝이다."

"……."

잠시 후 문관이 커다란 문을 열자, 마치 황제의 옥좌를 연상시킬 정도로 큰 의자가 놓여 있는 대전이 눈앞에 보였다. 문관은 옥좌에 앉아 있는 한 장년인을 바라보며 무릎을 꿇으며 머리를 조아렸다.

"왕야 어른을 뵙니다!!"

웅웅거리며 공허한 대전이 울렸다. 나름대로 최선을 다

해서 외친 걸 텐데 전혀 대전이 가득 차는 기색이 아니었다. 나는 시킨 대로 머리를 박은 채로 힐끔거리며 앞을 보았다.

'저게 왕인가?'

왕야라고 하는 건 아마 황제의 동생일 것이다. 즉, 왕(王)이란 말이다.

태어날 때부터 다른 사람보다 훨씬 높은 사람은 대체 어떤 모습을 하고 있을까? 궁금한 기분이 들었다. 조그마한 옥좌에 앉아 있는 장년인은 지루한 듯 손을 까닥였다. 그러자 문관은 황급히 일어서서 뒤로 물러났다.

장년인이 부드럽게 말했다.

"새로 들어온 녀석이냐?"

"황송합니다!"

"흥! 보나마나 황송합니다밖에 못하겠군."

왠지 잔인한 웃음을 지은 장년인은 한마디를 남긴 채 일어서서 나가 버렸다.

"모쪼록 나를 재밌게 할 수 있도록……."

"황송합니다!"

여기까진 그럭저럭 납득이 되는 과정이었다. 장년인이 사라지고 난 뒤에 문관이 나를 일으켜 세우며 말했다.

"자자, 아이야. 이제 교위를 따라가서 매일같이 무공

(武功)을 익히면 된다."

"네? 무공이라뇨?"

이게 무슨 뜬구름잡는 소리인가. 육선문은 기본적으로
관가이고, 왕이 살든 관리가 살든 그 사실은 변하지 않는
다. 황제의 근위대나 어림군은 무공을 익힌다고 들었지만,
평범한 관부에 있는 병졸이 무공이라니 도무지 어울리지
를 않는 것이다.

문관은 킬킬 웃었다.

"모르고 온 것 같구나. 사실 이곳, 부성은 명칭만 육선
문일 뿐이지 군대라기 보다는 삼왕야 전하의 휴양지 같은
곳이다. 내부 건물도 그래서 삼왕야 전하의 취향대로 모
두 개조했지. 그리고 이곳에 일하는 모든 자는 삼왕야 전
하의 취향에 맞춰 드려야 한다."

"……?"

왕이면 관부를 마음대로 개조해도 되는 건가?

내가 이해할 수 없는 표정을 짓자 문관이 이어서 설명
했다.

"전하께서는 칠 주야에 한 번씩 강호 무림인 중에서 뛰
어난 자를 초빙해서 무공 교습을 받으신다. 하지만 무공
이란 건 결국 싸우는 법이므로 누군가와 대련(對鍊)을 해
야 하는 법이지. 너희 병졸들의 역할은 전하가 그날 익히

신 무공이 얼마나 적합한지 대련 상대가 되는 것이다."

"……."

나는 절로 인상을 찌푸렸다. 확실히 뛰어난 고수를 초
빙해서 직접 가르침을 듣고, 대련으로 마무리를 하면 실
력이 빠르게 향상될 것이다. 하지만 고작해야 일개 병졸
이 무공을 익혀 봐야, 오랜 세월 꾸준하게 익혀 왔을 왕야
를 상대로 어떻게 좋은 대련 상대가 된다는 말인가?

'왕야는 아까 언뜻 보기에도 태양혈이 불룩하고 내공(內
功)이 상당했다. 일류고수에 못지않아.'

내 표정을 읽었는지 문관이 어깨를 툭툭 쳤다.

"알겠느냐. 교위가 가르쳐 주는 무공을 성실히 수련하
고 전하의 연습 상대가 잘되어 준다면 너희는 편안히 살
수 있을 것이다. 만일 기대에 충족하지 못한다면 그만한
대가를 치르면 되는 것이고."

"……!!"

나는 그제야 이 왕부(王府)가 어떻게 돌아가는지 감을
잡고 덜컥 내려앉았다.

미친 짓이다.

'죽으란 거냐?!'

즉, 교본만 보고 적당히 가르침을 받아서, 칠 주야 후
에는 일류고수급인 게 분명한 왕야를 상대로 초식으로 난

도질을 당한다! 그렇다고 반격도 해서는 안 될 것이다. 황족에게 털끝이라도 상하게 했다가는 구족(九族)을 멸하기 때문이다.

그만한 대가라는 건 익히 알 만하다. 왕야가 흥이 나면 칼에 난도질당해서 죽는 시체(屍體)가 되는 거고, 그날 운이 좋으면 다음 번까지 살아남는다. 그때까지 무공을 제대로 익혀서 자신을 지킬 정도의 실력을 지닌다면 오래 살겠지만, 아니라면 오래 지나지 않아서 죽을 것이다.

울컥!

순간 머릿속에 뭔가가 치밀어 올랐다. 나도 어렸을 때부터 '황제'나 '왕'이란 존재가 얼마나 위대한지는 들어서 알고 있다. 나 같은 평민은 평생 가도 결코 범접할 수 없는 자들이다. 태어날 때부터 보통 백성을 지배하기 위해 태어났다고 들었다.

하지만 내가 정말로 평범한 꼬맹이였다면 여기 들어온 순간부터 죽음이 예약되었을 것이다. 나는 바깥의 죽음을 피하기 위해 들어왔지만, 이 왕부 내의 모순을 보자 구토가 치밀어 오르는 것 같았다.

'하다못해 그 눈은 연민조차도 없었다.'

왕야 당신과 무(武)를 겨루다가 죽을 수도 있다. 게다가 연습 상대라면 그냥 무림인을 구하면 되는 게 아닌가.

어째서 딱히 아무것도 모르는 보통 병사들을 상대로 잔인한 짓을 일삼고 있는 것인가?

곧 나는 그 이유를 깨달았다. 무림인을 상대로 싸우다가 무림인이 홧김에 왕야를 죽일 수도 있다. 무림인은 본질적으로 야수 같은 존재라서 필요 이상으로 자극하면 다치게 되어 있다. 하지만 기초도 모르는 양 같은 병사를 모으거나 다른 곳에서 조달받아서 연습 상대로 쓰면, 소문이 날 일도 없고 반격당할 일도 없다.

비겁하다.

한없이 비열하다.

자신이 이길 수 있거나 통제 가능한 상대를 대상으로 끝도 없이 잔인해질 수 있다니, 이런 일은 처음 본다. 무협소설에서 이따금 악(惡)이라고 불리는 자들이 나왔지만 그들은 기껏해야 폭력을 휘두르는 정도였다. 그러나 이 눈앞에 보이는 건 현실(現實)이라는 이름으로 줄곧 불합리만을 외치고 있었다.

나는 속이 부글부글 끓어오르는 걸 참으며 교위를 따라서 병사 숙소에 갔다. 병사 숙소는 예상외로 좋았는데, 왠만한 무관(武官)급이었다. 병사들은 열댓 명 정도가 있었는데 교위가 오자 다들 차렷 자세를 했다.

교위가 싸늘하게 말했다.

"신입이다. 오늘부터 함께 무공을 갈고닦을 동료니 잘 맞이해 주도록."

"교, 교위."

그들 중에서 사십대 중반으로 보이는 중년인이 더듬거렸다. 그는 전신에 흉터 자국이 있고 꽤 근육 붙은 몸을 하고 있었는데 척 봐도 사연 있는 삶을 살아왔다는 걸 알 수 있었다. 중년인이 말했다.

"너무 어리잖소…… 성년식도 안 한 꼬맹이를 여기에……."

"그래서? 본인이 자원한 거다. 나한테 뭐라 그러지 마라."

교위가 내 등을 벌컥 방에 밀어 넣었다. 그는 싸늘하게 병사들을 훑어보더니 말했다.

"내일 무공 훈련은 새벽 일찍이다. 말해 두지만 훈련이 강할수록 네놈들의 생존율이 올라가니 그렇게 알아 두도록."

"……."

교위가 밖으로 사라지자, 병사들이 안쓰러운 눈으로 나를 쳐다보았다. 그들의 나이는 각양각색이었는데 대부분이 삼사십대의 병사였고, 간혹 이십대로 보이는 병사들이 있었다. 아까 교위에게 말을 걸었던 중년인이 한숨을 내

쉬었다.

"미쳤군. 자원을 했으면 전부란 건가? 어차피 비밀 유지를 위해서 여기서 내보내 줄 생각도 없으면서……."

"무슨 말입니까?"

"꼬맹아. 우리는 여기서 평생 못 나간다. 아무리 황족이 모든 국법을 초월할 수 있다지만 인간을 무술 연습 상대로 삼았다는 소문이 퍼지는 걸 달가워 하겠느냐?"

"……."

병사들의 표정은 모두 암울했다. 그들 중에서 제법 나이 들어 보이는 병사가 힘없이 웃었다.

"난 괜찮아. 여기에 파견되는 대가로 우리 가족이 금자와 집을 받았어…… 내가 죽어도 처자식은 가난하지 않아."

옆에 있던 병사가 벽에 기댄 채로 이죽거렸다.

"흥! 온 지 얼마 안 되는 티를 내는군."

"뭐라고?"

"자위하지 마, 병신아. 죽는 게 달가운 놈이 어디 있단 말이냐?"

"하! 누가 죽는대? 저 사람은 벌써 일 년째 살아남고 있잖아."

사람들의 이목이 향한 곳은 근육질의 중년인이었다. 그

는 시선이 부담스러운지 고개를 돌리고는 불쑥 말했다.

"왕야는 날 일부러 살려 두고 있는 거다."

"무슨 말이오?"

"일 년 동안이나 생존하고 있는 병사가 있다고 하면 너희 모두가 의욕이 생겨서 무공 수련을 할 거 아니냐?"

"설마……."

"왕야의 무공은 강호 일류고수급이니, 마음만 먹으면 나 같은 건 삼십 초 이내에 목을 벨 수 있다."

"……."

병사가 고개를 떨어뜨렸다. 혹시나 했는데 역시나 죽음밖에 남지 않았다는 생각을 하고 있는 듯했다.

중년인이 미안한지 헛기침을 하면서 말했다.

"그래도 최소한의 실력을 갖춰야 하는 건 사실이다. 너무 약하면 왕야가 흥미가 떨어져서 바로 죽여 버린다. 교위 말대로 무공 수련은 열심히 해라."

"제길…… 무공…… 그놈의 무공!!"

병사 하나가 울부짖었다.

"대체 뭐에 쓴단 말이오! 하루하루 연명하면 족하다니."

"그걸로 만족해야지."

"제길!"

나는 이야기를 듣던 중에 궁금한 점이 생겼다. 그래서 중년인에게 물어보았다.

"여기서 무공을 가르친다고 했는데, 그러면 교위가 내공심법과 무기수법을 가르쳐 줍니까?"

"내공심법은 육합심법(六合心法), 무기술은 어림군 십팔반 수련법이다. 더도 덜도 않고 딱 어림군 수준이지."

어림군이란 건 전쟁에서 중요한 역할을 하기 위해서 일반병 중에서 선발되어서 특별히 무공을 익히는 부대를 뜻한다. 일단은 무공을 익히는 군인이라서 보통 병사보다는 강하지만, 어차피 진짜 무림인들에 비하면 개개인은 약하기 마련이었다.

"아무튼 꼬맹아. 오늘은 그냥 푹 쉬어 두거라. 내일부터 지옥일 테니."

"……."

나는 속으로 고민했다.

'여기서 또 뒤집어엎으면 갈 곳이 없어.'

왕야의 대련 상대로 지내는 척하다가 슬며시 어디론가 사라져 버리면, 중원무림에서도 날 찾기 힘들 것이다. 태천맹에 쫓기는 내 입장에서는 그게 최고다. 하지만 이대로라면 여기서 지내는 동안에 죄 없는 병사들이 죽어나가는 걸 옆에서 구경만 하고 있어야 한다.

나는 잠시 생각했다.

'그래. 이 사람들이 살아남기만 하면 되는 거잖아?'

나는 힐끔 주변을 둘러보았다. 중년인의 말이 떨어지자 열댓 명의 병사들은 더 이상 내게 관심 쏟는 게 귀찮다는 듯 드러눕거나 내공심법을 수련했다.

나는 두리번거리다가 조심스럽게 입을 열었다.

"저기…… 제가 한 말씀 드려도 될까요?"

"아, 그래. 꼬맹아 네 이름은 뭐냐?"

"제 이름은 태오(太烏)라고 하는데요, 하여간 질문이 있습니다."

"어떤 질문?"

"칠 주야에 한 번 나간다고 하는데, 다음 차례는 언제입니까?"

내 질문에 중년인은 멈칫거리다가 떫은 표정으로 대답했다.

"사흘 뒤다. 청성파(靑城派)의 현기자(玄起子)가 초빙되어서 왕야에게 무술을 지도하고, 늦은 시간에 우리와 대련을 한다."

"현기자란 사람은 우리가 대련하는 모습을 지켜봅니까?"

중년인이 고개를 끄덕였다.

"왕야가 그렇게 요청하는 편이다. 자기가 맞는 무공수법을 전개하는지 알아보고 싶은 욕심인 거겠지."

"저질이군요."

"초빙된 놈들 입장에서는 알 바 아니겠지. 우리가 죽든 말든……."

씁쓸하게 뇌까리는 중년인의 얼굴에는 깊은 고뇌가 깃들어 있었다. 무림 고수들을 수십 번이나 봐 왔겠지만 나름대로 협사(俠士)라고 무림에서 행세하는 자들 중 누구도 그들을 구해 주지 않았다. 그가 무림인을 싫어해도 있을 수 있는 일이라고 생각했다.

"아, 그래! 내 이름을 말하지 않았지? 나는 양군홍(梁群泓)이다."

양군홍이 편안하게 웃었다. 이 지옥에서도 웃을 수 있다는 게 섬뜩했다.

"잘 지내 보자꾸나."

"넵."

나는 내 자리에 가서 조용히 다리를 모으고 앉았다. 병사들은 제각기 할 일이 바빠서 내게 신경을 쓰지 않았다. 머릿속에서는 이런저런 생각이 감돌고 있지만 해야 할 일이 마땅히 생각이 나지 않았다.

'무림고수가 초빙된다면, 대련 당일에 무슨 짓을 해 보

기는 힘들겠구나.'

한 명만 초빙한다는 보장도 없다. 사형제를 떼거지로 몰고 올 수도 있는 노릇이다. 그리고 그들 중에 내 정체를 알아보는 인물이 있을지도 몰랐다. 이미 내 용모파기는 무림에 잘 알려졌을 게 뻔하기 때문이다.

여기서 도망치는 건 쉽다. 교위도 꽤 무공을 한다는 인물인 듯했지만 그리 대단한 고수는 아니었다. 마음만 먹으면 당장에라도 때려눕히는 게 가능할 것이다. 하지만 도망치고 도망치다가 여기까지 온 건데, 또 어디로 가야 한단 말인가?

나는 결국 더 이상은 도망치기 힘들다는 걸 인정해야만 했다. 그러자 또 다른 발상이 머릿속에서 떠올랐다. 나는 조심스럽게 근육질 중년, 양군홍에게 다가갔다.

"저기…… 양 아저씨."

"꼬맹아, 나는 바쁘다."

"사실 제가 바깥세상에서 꽤 신기한 수법을 여러 가지 익혀 온 터라, 보여드리고 싶습니다."

"신기한 것?"

양군홍이 반문하자 나는 고개를 끄덕였다.

"도움이 될 거 같네요."

꾸우웅!!

내가 그렇게 말을 하면서 손바닥의 장저(掌低)로 벽을 살짝 쳤다. 그러자 두꺼운 벽이 별안간 원형으로 깊게 파이더니 무너졌다. 육합천멸진을 이용해서 쌓은 사룡광마혈 공력이 나선의 형태로 발휘되면서 단숨에 사물을 파괴한 것이다.

　그러자 병사들이 깜짝 놀라며 나를 쳐다보았다. 특히 양군홍은 입을 딱 벌리고 나를 보더니 더듬거리며 말했다.

　"고, 고수!!"

　"기본 수준만 되면 왕야가 건드리지 않는 거잖아요?"

　나는 확신을 가지고 말했다.

　"제가 몇 가지 수법을 가르쳐 드리겠습니다. 그리고 당분간은 제가 왕야를 상대하겠습니다. 그러면 모두가 살아남을 수 있을 겁니다."

　"네, 네가 왕야를? 말도 안 되는 소리하지 마!"

　양군홍이 거세게 부정했다.

　"네 무공이 만일 왕야를 뛰어넘는다 해도, 대련 중에 왕야를 다치게 하거나 털끝 하나 건들면 그 즉시 우리도 몰살(沒殺)이다! 몇 년 전에 그런 적이 있다고 들은 적이 있어."

　"왕야를 다치게 하는 게 아닙니다."

　나는 조용히 말을 이었다.

"요는 그자가 무공광(武功狂)이란 거 아닙니까? 제게 생각이 있습니다."

"어떤……?"

"나중에 말씀드리죠. 우선은 다들 여기에 모여 보세요."

이 중에서 내 나이가 제일 어리고, 다들 못해도 나보다 열 살은 더 먹은 어른들이었지만 내 앞으로 쪼르르 몰려들었다. 나는 기이한 열기 속에서 차분하게 말했다.

"지금부터 제가 가르쳐 드릴 건 제 독문내공(獨門內功)인 사룡광마혈입니다. 육합심법이란 것도 나쁜 심법은 아니겠지만 짧은 시간에 강한 위력을 얻기에는 이쪽이 좋을 겁니다. 제가 적어도 두세 달은 시간을 벌어 볼 테니, 그동안에 기초 실력을 다들 쌓아 놓는 겁니다."

물론 모든 내용을 가르쳐 주진 않을 것이다. 사룡광마혈의 수련은 총 칠 단계가 존재했고, 나는 그중에서 이 단계 수련까지만을 가르쳐 줄 생각이다. 병사들이 내 제안에 깜짝 놀랐다.

"내, 내공을 가르쳐 주겠다고? 자네 사문이 대체 어디길래?"

나는 어깨를 으쓱했다.

"어차피 파문(破門)당했는데 알 게 뭡니까. 가르쳐 드릴 때 그냥 배우세요."

"으음."

"그리고 내공을 수련하고 남는 시간에는 제가 지도해
드리죠. 목표를 세우고 수련하면 훨씬 빨리 강해질 수 있
을 겁니다."

양군홍은 이미 나를 어린애로 대하고 있지 않았다. 그
는 진중한 눈으로 나를 쳐다보더니 손깍지를 꼈다.

"무엇을 목표로 해야 하느냐? 말했듯이 우리는 울타리
에 갇힌 노예만도 못한 신세다. 자네가 목표를 제시해 줄
수 있는가?"

"다들 개개인이 교위를 쓰러뜨릴 정도는 되어야죠."

"그 정도로 강해진 다음엔 무얼 하느냐 말이야."

나는 침묵했다. 그리고는 천천히 뇌까렸다.

"그건 왕야에게 달렸죠."

*　　　*　　　*

그리고 무공 수련이 시작되었다. 다음 날 새벽처럼 기
상해서 다들 교위를 따라서 육선문 연병장에 끌려갔는데,
교위는 우리를 정렬시켜 놓고는 각종 무기를 집도록 했다.
그리고는 내공을 돋우어 크게 외쳤다.

"이틀 후에 왕야께서 무공 대련을 원하신다! 지원자 있느냐?"

나는 대번에 손을 번쩍 들었다.

"제가 하고 싶습니다!"

"……"

그러자 교위의 표정이 요상해졌다. 나머지 사람들은 어젯밤에 내게 언질을 들은 터라 별 변화가 없었지만, 그는 뜻밖으로 느껴진 듯하다. 그는 잠시 헛기침을 하더니만 말했다.

"꼬맹아. 왕야께선 장난으로 무공 수련을 하시는 게 아니다. 네 실력이 너무 부족하면 나까지 왕야께 징계를 먹게 된다. 그러니 잠자코 있어라."

"제 실력이 부족하다니 무슨 근거로 하시는 말씀입니까?"

"아니 이 자식이……."

"그리 생각하시면 한 수 부탁드립니다."

스릉!

나는 검대에 놓여 있는 장검을 한 자루 집어 들고 교위 앞으로 걸어갔다. 교위는 황당해하다가 이내 잔인한 미소를 띄었다.

"어린놈이 불쌍해서 봐줬더니 명줄을 재촉하는군. 오냐

한 수 가르쳐 주마."

그의 표정에 살기가 일그러진 걸 보면, 틀림없이 나를 죽이거나 사지 한쪽을 떼 낼 생각이었다. 하지만 교위를 무서워할 바에야 차라리 유극문을 나오지 않았을 것이다. 나는 교위의 살기를 산들바람처럼 받아넘기다가 퉁명스럽게 말했다.

"교위님. 제가 이기면 어떻게 하실 겁니까?"

"뭐라고?"

"부탁 하나 정도는 들어주셔야 수지가 맞는데."

교위는 내가 자신을 무시한다고 생각하는지 이를 바득바득 갈다가 외쳤다.

"어디 말해 봐! 그게 네놈 유언이 될 거다."

나는 기다렸다는 듯이 말했다.

"그럼 제가 이기면, 앞으로도 쭉 왕야와의 대련에는 저만 나가게 해 주십쇼."

"……정말 미친 꼬맹이구나."

"약속하실 겁니까?"

"오냐, 그러마!"

파앗!

교위는 말이 끝나자마자 장검을 휘두르며 덮쳐 왔다. 단순하고 변화 없는 공격이었지만, 그 자체로 강검(剛劍)

이라서 밀어치는 기세가 매서웠다.

나는 교위의 공격을 가볍게 검 등으로 흘려 내면서 유연하게 다른 쪽 손으로 교위의 가슴을 쳤다.

퍼벅!

그저 살살 견제를 하는 정도였지만 교위의 몸이 크게 휘청거렸다. 교위는 급히 자신의 몸을 추스르다가 믿을 수 없다는 눈으로 나를 쳐다보았다. 방금 전에 내가 공력을 조금만 더 불어넣었으면 즉사(卽死)였다는 사실을 깨달은 것이다.

"고, 고수!! 네 나이에 어떻게 이런 무공을 지닐 수 있느냐?!"

"알 게 뭡니까. 약속은 지켜 주십시오."

"큭! 아직 안 끝났다."

교위는 발악하듯이 연속으로 빠른 검초를 날려 왔다. 내 입장에서는 별로 위협적이지 않았지만 적어도 유극문의 평제자 수준은 넘어서 있었다. 강호에 나가서도 웬만큼 행세할 정도는 된다고 볼 수 있다.

하지만 그의 검법은 너무 단조롭고 변화가 드물어서, 나는 손쉽게 투로를 차단하면서 교위의 움직임을 봉쇄할 수 있었다. 체격이 두 배는 차이가 났지만 교위의 몸만 연신 휘청일 뿐이었다. 이윽고 내가 장검의 날을 교위의 목젖에 들이대자 그는 침묵했다.

"……."

"더 해 볼 겁니까? 실력 차는 인정하십시오."

"오오오!!"

뒤에서 지켜보고 있던 병사들이 일제히 함성을 터뜨렸다. 다들 일반병 출신으로 차출된 거라, 장교 출신인 교위를 이기기는커녕 비슷하게도 싸워 보지 못하는 사람이 대부분이었기 때문이다. 양군홍이라는 사람은 교위와 비슷한 실력이긴 했다.

교위가 이를 악물었다.

"크윽! 허용할 수 없다."

"어째서입니까?"

"네놈이 왕야께 어떤 위해를 끼칠지 어떻게 보증한단 말이냐?"

나는 심드렁하게 말했다.

"정 그러면 왕야 본인에게 물어보면 되지 않습니까?"

"뭐라고?"

"나는 충분히 왕야를 즐겁게 해 드릴 자신이 있습니다. 실패하면 내 목숨을 내놓죠. 그렇게 하면 당신이 책임질 일은 없지 않습니까?"

"……."

"그리고 내가 왕야의 대련을 담당하면 숫자가 유지될 텐데요."

교위는 빠르게 좌중을 둘러보았다. 어제 양군홍에게 듣기로는 너무 자주 병사가 죽어 나가서, 교위로서도 충원에 어려움을 겪는 듯했다. 하긴 누가 죽을 걸 알면서 이런 곳에 지원을 하겠는가! 그래서 나같은 어린애가 지원해도 흔쾌히 받아 준 것이리라.

"조, 좋다. 그럼 네가 대련에 나가라."

"그렇게 하죠."

"말해 두지만 왕야의 경호는 황실에서 파견된 금의위(錦衣衛)가 맡는다. 네놈이 허튼짓을 하면 목숨은 없다고 생각해라."

나는 금의위라는 소리를 듣자 움찔했다.

금의위!

황제 직속의 감찰기관이자 대(對)무림으로 강력한 권력을 지니고 있는 곳이기도 하다. 누구도 금의위의 정확한 인원과 실체는 몰랐지만, 일설로는 구파일방 이상의 고수를 보유하고 개방 이상의 정보력까지 가진 단체라는 말이 있었다.

'하긴 황족이니 당연한 일인가? 왕야 암살은 힘들겠군.'

"오후는 자율 수련을 하도록!"

교위는 나를 경계하다가, 오전 훈련을 하는 둥 마는 둥 하다가 도망치듯 사라지고 말았다. 그러자 주변에 있던 병사들이 환호성을 지르며 다가왔다.

"해냈어!!"

"저 재수없는 자식한테 한 방 먹였군."

"정말 고맙네 소협."

나는 사람들에게서 칭찬을 받으니 왠지 기분이 좋아졌다. 이대로 간다면 왠지 막힘없이 순탄하게 모든 일이 풀려나갈 거라는 생각이 들었다. 나도 씨익 웃고 있을 때, 양군홍이 나를 불렀다.

"저기 태오. 잠시 나 좀 보세."

"네."

뒤쪽에서 나를 부른 양군홍이 주변에 이목이 없는지를 살피다가 말했다.

"너무 자신을 드러내지 말게."

이건 무슨 말인가.

내가 멀뚱하니 양군홍을 바라보자, 그가 걱정스러운 듯 말했다. 마치 걱정되는 동생을 보는 듯한 눈빛이었다.

"자네 나름대로 생각이 있고, 우리를 구해 주려는 걸 알고 있다. 하지만 세상에는 무서운 자들이 많고, 수면 아

래에서 흉계(凶計)를 꾸미는 자가 제일 무섭다. 자신을
드러내되 언제나 삼 할을 감춰두도록 해야 하네."

"충고 감사합니다."

그가 침울하게 말했다.

"왕야는 무공광인데다가 사람 목숨을 개떡처럼 여기는
자이지만 결코 바보가 아니야. 도리어 두뇌 회전이 빠르
고 교활하지. 그를 섣불리 대하면 자네가 당할 걸세."

나는 양군홍의 충고를 들어 둘 만 하다고 생각했다. 솔
직히 말하자면 지금 양군홍이 말하기 전까지는 나는 왕야
라는 자를 천하의 바보로 생각했기 때문이다. 적당히 무
력을 보여 주고 교섭을 시도하면 충분히 먹혀들 거라는
막연한 생각을 하고 있었다.

하지만 양군홍은 일반 병사 출신으로 이 지옥에서 일
년간 살아남으면서 누구보다도 자주 삼왕야와 대면한 사
람이다. 그가 왕야를 평가한 말이라면 가족보다도 정확할
게 분명하다.

'만만한 자가 아닌 모양이군.'

"그러고 보니 왕야라는 자는 어째서 이런 곳에서 육선
문 부성을 개조하고 지낸답니까? 황족이면 그냥 왕처럼
지내면 될 것을, 이리도 한적한 곳에 있을 이유가 없는
데."

내 질문에 양군홍이 씁쓸하게 웃었다.

"내가 듣기로는 황족의 권력 다툼에서 밀려나서 겨우 목숨만 부지한 상황이라더군. 당대 황제가 인정이 많은 인물이라서 삼왕야를 살려 두었지만, 결코 한 지역의 병권(兵權)을 넘겨주지 않았지. 뭐 이왕야처럼 처참하게 살해당하진 않았으니……."

양군홍이 씹어 뱉듯 말했다.

"차라리 죽었으면 좋았을 것을."

"이왕야? 그렇다면 장남이 차남을 없애고, 삼남을 유배 보냈단 말입니까?"

"십수 년 전에 있었던 일이더라군. 나도 자세히는 모르네. 다들 정무(鼎武)의 난(亂)이라고 부르지만, 황궁 내부에서 일어난 일이라서 아는 사람이 극히 드물어."

"……."

나는 인상을 찡그렸다.

"삼왕야는 그 울분을 무공에 쏟고 있는 겁니까?"

"그건 나도 모른다."

양군홍이 고개를 저었다.

"태오. 자네는 명석하고 뛰어난 사람이지만 결코 속단을 내리지 말게. 삼왕야는 평생 동안 자신을 숨기고 살아온 사람이라서 누구도 그의 생각을 쉽게 짐작할 수 없어."

"흠."

"잘못된 확신은 세상에서 제일 위험한 법이네."

양군홍의 말에는 은근한 부정이 담겨 있었다. 아니라고 생각하지만 확신할 수 없다는 뜻이었다. 나는 무공여하에 상관없이 양군홍에게서 배울 것이 많다고 생각하면서 고개를 끄덕였다.

"일단 그를 만나고 나서 판단해야겠습니다."

나는 왕야와의 대련이 찾아오기 전에 병사들에게 무공을 전수하기 시작했다.

우선은 사룡광마혈의 기본 호흡법부터 시작해서, 각자가 무기술을 펼치는 모습을 보면서 자세를 교정하고 지도해 주었다. 원래부터 교위도 하던 일이지만 내가 교위보다 훨씬 무공 수준이 높으니 설명해 주기가 용이했다.

다들 의외로 재질이 나쁘지 않은 편이라서 몇 가지 가르쳐 주는 것만으로 금세 나아지는 사람도 있었다. 나는 가르치는 재미를 느끼면서 이틀 동안 정신없이 움직였다.

특히 무공이 극적으로 늘어나는 건 양군홍이었다. 평소부터 수련도가 범상치 않은지, 내가 간단한 변화수법이나 변초를 몇 개 알려 주자 금세 응용하기 시작했다. 주 무기는 창(槍)이었는데 지금까지는 군대 위주의 초식만 익혀서 변(變)을 거의 익히지 못한 듯했다.

그리고 왕야와의 대련일이 찾아왔다.

아침이 되자 교위가 방에 찾아와서 나를 불렀다.

"나와라! 서둘러 움직여야 한다!"

나는 교위를 따라서 밖으로 걸어 나갔다. 병사들은 걱정스러운 눈으로 안에서 나를 보고 있었다. 나는 힐끔 뒤를 돌아봤다가 망설임없이 걸음을 옮겼다. 오늘 무엇을 하느냐에 따라서 앞으로의 일이 많이 달라질 것이다.

교위는 앞장서서 걸어가며 말했다.

"왕야께서는 초대한 청성파의 현기자와 점심 식사를 하신 후, 두 시진 동안 무공을 지도받으실 예정이다. 너는 그때까지 대기하고 있다가, 무공 지도가 끝나면 대련하면 된다."

"이렇게 일찍 움직여야 할 이유가 있습니까?"

"그 더럽고 냄새나는 꼴로 왕야를 뵐 생각이냐! 씻으란 말이다."

매일 훈련이 끝나면 찬물로 몸을 씻기도 하고, 옷을 말리기도 한다. 그런데도 냄새나는 꼴이라고 하는 걸 보면 왠지 요구하는 기준이 다른 듯했다. 이윽고 교위는 왠 시설에 도착하더니 안으로 들어갔다.

안은 뜻밖에도 덥고 습한 공기가 가득했다. 좀 더 안쪽을 들여다보자 뜨거운 물이 인위적인 시설에 고여 있었다.

딱 두세 사람이 들어갈 정도의 크기였다. 이런 건 처음 보는지라 멀뚱멀뚱 서 있자 교위가 퉁명스럽게 말했다.

"안에 들어가서 씻고 나와라. 시비(侍婢)들이 도와줄 거다."

그의 말이 끝나자, 여자 시종 두 명이 공손하게 걸어 나왔다. 나는 뜨거운 물에 들어가 보는 게 태어나서 처음이라, 쭈뼛거리며 옷을 벗은 후 천천히 걸어 들어갔다. 약간 뜨겁다고 느껴졌지만 그럭저럭 견딜 만한 수준이었다.

뜻밖에도 뜨거운 물에 몸을 넣는 건 굉장히 기분이 좋은 일이었다. 나는 약간 노곤한 표정으로 안에 들어가 있다가, 시비들이 눈치를 주자 그제야 나왔다. 시비들은 내게 새로운 의복을 주곤 말했다.

"왕야를 뵐 때는 늘 공손하게 하십시오."

"그래야지."

성질대로라면 바로 때려죽여도 시원치 않지만, 지금은 그를 이용해서 해야 할 일이 있다. 나는 냉정을 유지하려고 노력하면서 천천히 옷을 입었다. 늘 입고 뒹굴던 병사복과는 달리 겉이 번지르르한 염색 비단옷이었다.

'죽기 전에 잘 씻고 입혀 주는군. 나름대로 배려한 건가?'

고양이가 쥐 생각하는 격이다. 그저 바깥 손님에게 자

기 체면을 유지하기 위해서이리라. 나는 교위를 따라서 대련장이라는 곳으로 걸음을 옮겼다.

이윽고 점심 식사가 끝났는지, 저만치에서 삼왕야가 왠 청성파의 도인(道人)과 두런두런 이야기를 나누며 걸어오고 있었다. 그는 장내에 도착하자 나를 발견하곤 지익 잔인한 미소를 지었다.

"아! 이번에 알아서 지원했다는 아이지? 긴장하지 말고 편히 있거라."

말하는 양을 보니 나를 단순히 무공 모르는 꼬마로 여기는 모양이었다. 나는 힐끔 굳어 있는 교위를 보고는 희미하게 웃었다.

'역시 내게 진 게 쪽팔려서 왕야에게 사실대로 말하지 않은 모양이군. 일이 편해질 것 같다.'

교위 입장에서는 어설프게 내 무술 실력을 말하면서 창피당하느니, 늘 삼왕야를 호위한다는 금의위를 믿는 쪽이 나을 것이다. 그 행동의 근간에는 '설마' 내가 왕야에게 무례한 짓을 하겠냐는 믿음도 있으리라.

"흠."

청성파의 현기자는 미미하게 인상을 찡그렸다. 그도 소문을 들었겠지만, 나 같은 어린애를 대련 대상으로 삼는다는 게 껄끄러워 보였다. 그러나 별말을 하지 않고 자신의 도관을 고쳐 쓰며 왕야에게 말했다.

"왕야. 그러하면 제가 간단한 변화수법을 보여 드리겠사옵니다. 광영사홍(光暎飼鴻)이라는 초식이옵니다."

"아! 기대하고 있겠소."

부우웅!

현기자는 자신의 검을 뽑아 들더니 천천히 초식을 전개하기 시작했다. 아마도 청성파의 주요 검법인 칠십이파검(七十二派劍) 중의 하나인 듯했다. 주된 내용은 쾌검이지만 군데군데 사람을 현혹시키는 변화가 섞여 있는 초식으로 보였다.

삼왕야는 자신의 턱을 만지작거리며 주의 깊게 현기자의 시연을 바라보는 모습이었다. 그러더니 현기자에게 말했다.

"현기자."

"네, 왕야."

"영 성에 차지 않는구려. 두세 가지 변초를 더 보여 줄 수 있겠소?"

"……."

현기자는 미미하게 자신의 몸을 떨었다. 나는 그 광경을 보면서 현기자의 심정을 깨달을 수 있었다. 아무리 황족 앞이라지만 사문의 절학(絕學)을 외부인에게 공개하는 건 수치스럽고 두려운 일이다. 그 또한 나오고 싶지 않은 자리에 와 있는 셈이었다.

게다가 추가로 몇 가지 더 내놓으라니! 삼왕야가 무공에 문외한이라면 상관없지만, 일류의 무공을 지니고 있으니 금세 분석할 게 뻔한 노릇이었다. 여러모로 껄끄러울 수밖에 없지만 그는 이내 미소를 지었다.

"허허. 그러하면 칠십이파검의 다섯 가지 초식을 더 보여드리도록 하겠습니다."

"부탁하오."

검무(劍舞).

현기자는 쓸데없이 하나하나 끊어서 보여 주는 게 낭비라고 생각했는지, 더없이 유려하고 완만한 움직임으로 다섯 개의 초식을 이었다. 진기의 흐름이 원숙하게 이어지면서 보는 사람이 감탄할 정도의 품위를 지니고 있었다. 역시 구파일방의 장로급쯤 되면 무공의 숙련도가 굉장한 것이다.

나는 본의 아니게 청성파의 진신절학을 보게 되자 땡잡았다고 생각했다. 저 변화 속에는 분명히 청성파 검법의 오의(奧義)가 숨겨져 있기 때문에, 오늘 본 것을 연구하면 청성파 검사를 상대하기 쉬울 게 분명하다.

이윽고 현기자의 시연이 끝나자 삼왕야가 박수를 쳤다.

"훌륭하오! 청성파 다섯 장로 중에서도 성품이 고아하다는 현기자다운 훌륭한 시연이었소."

"과찬에 감사드립니다."

"그러면 나와 가볍게 겨루어 보고, 부족한 점을 알려주길 바라오."

"왕야와 검을 겨루게 된 것을 무한한 영광으로 생각하옵니다."

현기자는 고개를 꾸벅 숙이고는 앞으로 걸어 나왔다. 하지만 속으로는 그도 적지 않게 부담이 될 것이다. 구파일방의 장로인 현기자가 삼왕야를 쓰러뜨리고자 하면 너무나 손쉬운 일이다. 하지만 삼왕야가 수치심을 느끼지 않도록, 최대한 힘을 조절하면서 싸운다는 건 굉장히 어려울 것이다. 삼왕야의 무공도 일류급이라서 허투루 상대하다가는 본인이 부상을 입을 수 있기 때문이다.

나는 지금이 때라는 걸 깨닫고 말했다.

"잠시 말씀드릴 게 있습니다."

사람들의 시선이 내게 모였다. 교위는 사색이 되어서 나를 쳐다보았지만, 이 상황에서 그가 할 수 있는 일은 없었다. 나는 묘한 표정으로 나를 바라보는 삼왕야에게 공손히 고개를 숙이며 말했다.

"두 분께서 대련하기 전에, 제가 잠시 청성파의 검(劍)

을 견식해 보고 싶습니다. 괜찮으시다면 허락해 주셨으면
합니다."

"무, 무, 무슨⋯⋯."

"가만 있어라."

교위가 몸을 벌벌 떨면서 나를 말리려고 들었지만 삼왕
야가 손을 들어서 제지했다. 삼왕야는 여전히 묘한 표정
을 지우지 않으면서 나를 정면으로 응시하고 있었다. 사
십대 후반의 장년인이 의뭉스러운 표정을 하고 있는 건
숫제 너구리를 떠올리게 만들었다.

"아이야. 당금 강호에서 네 나이에 구파일방의 장로를
감당할 자는 거의 없다. 무림에서 가장 뛰어난 후기지수
라는 신룡(神龍)이 아니면 불가한 일이지."

청성파의 장로, 현기자의 얼굴은 약간 일그러져 있었
다. 그의 입장에서는 왕부에 불려 와서 무공을 유출하는
것도 껄끄러울 텐데, 조그마한 꼬마까지 자신에게 도전하
고 있으니 당연한 일이다.

왕야는 힐끔 현기자를 바라보더니 조심스럽게 말했다.

"네가 혹시 신룡전(神龍戰) 참가자라는 말이냐?"

신룡전!

그 단어가 삼왕야의 입에서 나오자 놀람과 동시에 마음
이 무거워졌다. 유극문을 나오기 전에 성구몽 장로가 신

신당부하던 게 생각났기 때문이다. 신룡전에 관련된 자를 만나면 무조건 도주하라는 충고였다.

나는 시치미를 뚝 뗐다.

"신룡전이 무엇입니까? 전 그저 제 무공을 시험해 보고 싶을 뿐입니다."

"무공? 네 나이에 무공이랄 게 있느냐. 후후."

삼왕야가 어이없다는 너털웃음을 터뜨렸다. 아마 어린 아이가 헛소리를 하는 거라고 생각하는 것이리라.

현기자는 일이 돌아가는 걸 지켜보고 있다가 불쾌한 듯 말했다.

"함부로 끼어들어서 왕야께 무례를 범하지 말아라. 너와 나는 싸울 계제가 아니다."

"무슨 근거인지 몰라도, 나는 충분히 그쪽과 겨룰 수 있습니다."

"그만하라고 했건만!"

현기자는 언짢은 표정을 지었다. 삼왕야는 일이 재밌다고 생각하는지 웃고 있다가 현기자에게 말했다.

"현기자. 저리도 간절히 말하는데 가볍게 가르침을 내려 주시오. 연습할 녀석은 다른 놈으로 뽑아 오면 되겠지."

"그리 말씀하시는 건……."

"손속이 과해도 용납하겠소."

스릉!

삼왕야의 말은 현기자가 나를 죽여도 수수방관하겠다는 뜻이었다. 현기자는 이제야 속이 풀린다는 표정으로 검을 꺼내 들었다. 그의 눈에는 흉흉한 살기가 감돌았는데, 말 그대로 나를 일 검에 쳐 죽이겠다는 기색이었다.

그사이에 삼왕야가 교위를 쳐다보았다.

"너는 다른 병사를 골라 오너라."

"네."

교위는 자신에게 불똥이 떨어질까 봐 재빨리 사라져 버렸다. 나는 물끄러미 현기자를 바라보다가 말했다.

"왕부의 인사는 극비인 모양이군요. 현기자께서 나에 대해서 전혀 모르는 걸 보면."

태천맹이 나를 쫓고 있다면 충분히 청성파에 연락할 수도 있을 것이다. 청성파도 태천맹에 가입되어 있기 때문이다. 하지만 삼왕야가 초빙하는 무림고수는 극비(極秘)이기 때문에 태천맹에서도 손을 못 쓴 모양이었다.

현기자가 인상을 찡그렸다.

"아해야. 무슨 말을 하는 거냐?"

"별거 아닙니다. 늘 그렇듯이 전력을 다하지 않으면 낭패를 보실 겁니다."

"건방진 놈!! 어려서 살려 두려 했건만 명을 재촉하는구나."

파앗!

현기자의 눈에 불똥이 튀면서 검광(劍光)이 폭사했다. 그는 아마도 내가 무공을 할 줄 알지만, 어린 탓에 패기만 과하다고 생각한 모양이었다. 원래부터 다혈질인지 조금 자극받자 바로 나를 죽이려 들었다.

까앙!

묵직한 소리와 함께 현기자의 검날이 내 칼날의 배면에 닿았다. 정확히는 내가 결을 따라서 현기자의 일 검을 막아 낸 것이다. 현기자는 거기서 끝이 아니라는 듯, 청성의 칠십이파검을 이어서 펼치기 시작했다.

청성파 검술의 특징은 유려하면서도 깔끔한 검술이었다. 변화 사이에 틈이 거의 없었고, 강맹한 맛은 덜했지만 상대방의 움직임을 차단하는 효용이 뛰어났다. 이윽고 현기자가 내공을 돋우어서 검 주변에 광채를 두르자, 삽시간에 주변 일 장은 검광(劍光)이 소용돌이치기 시작했다.

쿠르르릉!

연신 현기자의 검로(劍路)가 내 소영검법과 충돌하면서 잔광을 남겼다. 순식간에 수십 초가 지나가면서 현기자의 손목이 휘어질 정도로 검법이 갈수록 빨라졌다. 현기자는

아까 보여주었던 광영사홍의 검초를 사용해서 마지막으로
공격하고는, 뒤로 몸을 뺐다.

현기자가 당황한 듯 말했다.

"아니?! 어찌 이런⋯⋯."

"청성파의 검술은 훌륭하군요. 얼마 전에 경지가 오르
지 않았다면 힘들 뻔했습니다."

사룡광마혈과 수선이 진보하면서 덩달아 소영검법의 이
해도도 높아졌다. 나는 내가 구파일방의 장로를 충분히
상대할 수 있는 걸 확인하자 자신감이 생겼다. 지금까지
상대했던 자들 중에서 귀검 다음으로 강하지만, 그리 큰
압박으로 느껴지지 않았다.

삼왕야는 정말로 놀란 듯 입을 벌리고 있다가 말했다.

"이럴 수가⋯⋯ 넌 대체 뭐냐?"

"왕야의 병사입니다. 사흘 전에 죽간으로 고용하시지
않았습니까?"

나는 비아냥거리면서 현기자에게 검을 겨누었다.

"이제 제대로 해 봅시다."

"⋯⋯."

현기자는 참혹한 표정을 지었다. 평생 동안 검술을 연
마해 온 자신이 고작해야 십대 초중반의 꼬마를 쉽게 쓰
러뜨리지 못한다는 사실이 자존심에 상처를 준 듯했다.

그러나 상처 입은 자존심과는 반대로, 그의 움직임은 더없이 냉정해졌다.

이 자리에서 정말로 내게 패배하기라도 하면 그의 명예는 땅에 떨어지는 것이다. 현기자는 몸의 중심을 따라서 검날을 세우면서 천천히 내 빈틈을 찾았다. 나는 그의 기세가 일변한 걸 느끼고 신중해졌다.

'틈이 거의 보이지 않는군.'

실력을 비교하자면 아마 내가 현기자보다 조금 강할 것이다. 내공은 내가 뒤지지만 광혈인을 섞으면서 수선의 신법으로 난전으로 몰아가면 충분히 승기를 잡을 수 있었다. 하지만 저런 식으로 냉정하게 자신의 영역을 지킨다면 아무리 광혈인을 써도 현기자의 영역을 흔들기가 힘들다.

현기자와 내가 부딪히려는 순간, 왕야가 말했다.

"두 사람 그만두게."

우리 둘의 이목이 삼왕야에게 쏠렸다. 그는 모호한 표정을 짓다가 내게 말했다.

"너는 천인일재(千人一才)인가? 말로는 들었지만 직접 보는 건 처음이군."

6.
금의위(錦衣衛)

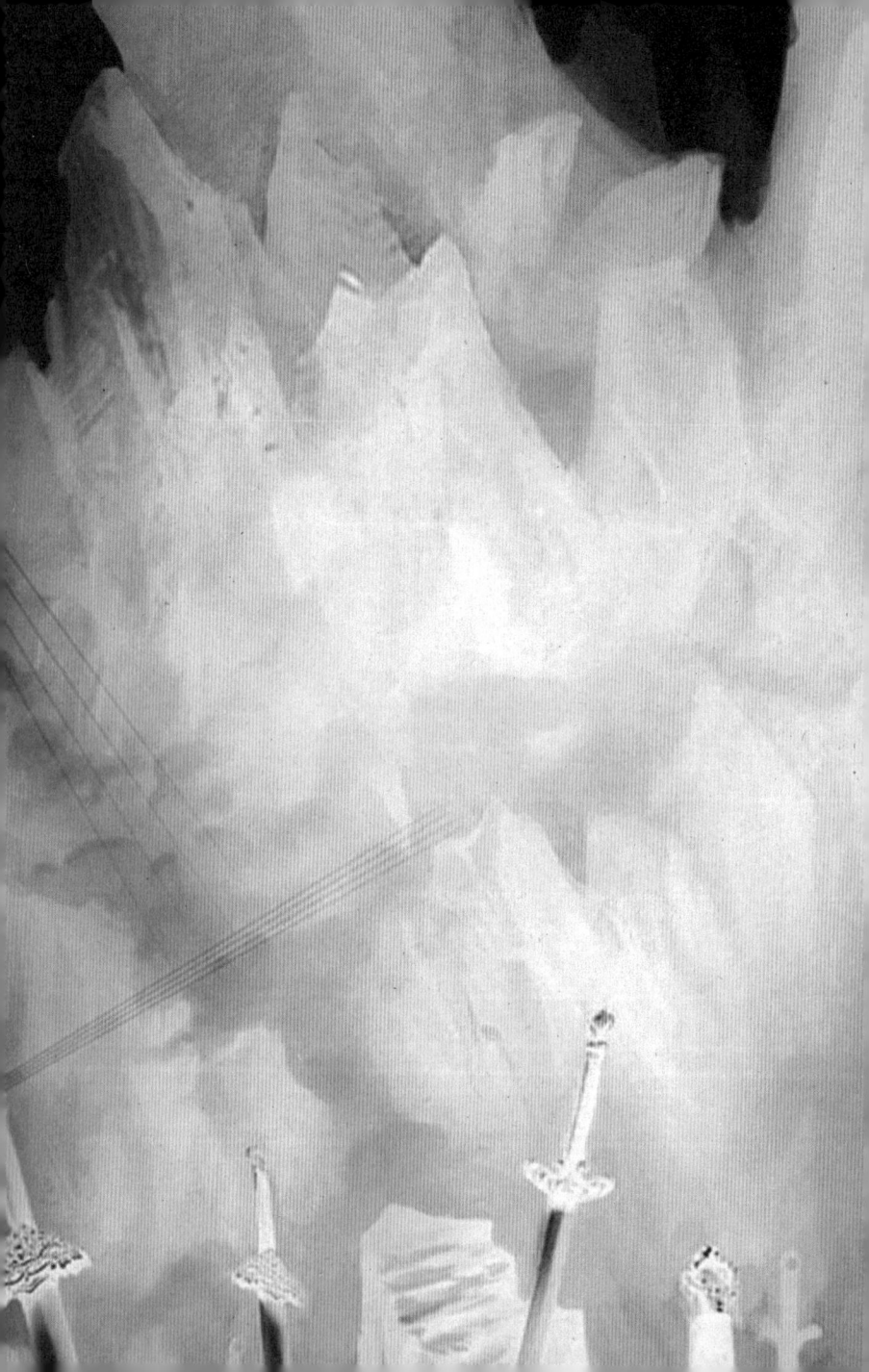

천인일재. 다른 말로는 천재 중의 천재라고도 한다.

유극문에서는 문주와 알타리가 천인일재였지만, 스승들은 대놓고 내게 천인일재가 아니라고 했었다. 하지만 굳이 왕야의 말을 정정할 필요성을 느끼지 못해서 잠자코 있었다. 왕야가 흥미로운 듯 자신의 턱을 매만졌다.

"어떤 사연이 있는지 모르지만 굳이 그 정도 무공을 가지고 군부로 투신하다니 재밌군. 이름이 뭔가?"

"태오입니다."

"태오. 너는 무슨 목적으로 여기에 왔느냐?"

스스슥.

그때, 그림자처럼 주변을 맴돌던 인기척이 처음으로 좌중에 나타났다. 그들은 금빛이 나는 자수옷을 입고 있는 자들이었는데, 무표정하고 몸이 잘 닦여 있었다. 게다가 신법도 매우 빨라서 범상치 않은 실력이란 걸 알 수 있었다.

'저자들이 왕야를 호위하는 금의위로군.'

내가 대답하지 않자 왕야가 희미하게 미소를 지었다.

"네 목적이 내 암살(暗殺)이 아니란 건 알겠다. 굳이 이렇게 실력을 드러낸 걸 보면 다른 목적이 있는 듯싶은데, 말해 주지 않겠느냐?"

"전 왕야께 큰 원한은 없습니다."

나는 공손하게 대답했다.

"전 그저 대련 상대가 너무 자주 바뀌는 게 왕야께 악영향을 미치지 않을까 하는 게 걱정스럽습니다."

빙빙 돌리긴 했지만, 왕야가 무공 연습한답시고 사람을 쳐 죽이는 걸 비꼬고 있었다. 왕야는 물론이고 옆에서 듣고 있던 금의위와 현기자도 얼굴이 새하얘졌다. 황족을 능멸하는 건 구족을 멸할 죄이기 때문이다.

하지만 왕야는 익히 예상했다는 듯 태연하게 말했다.

"어린 사람이 의협심(義俠心)이 깊군. 허나 그건 자기 앞가림을 할 수 있을 때의 얘기지."

"왕야께서 대련 상대를 자주 찾으시는 건 고수(高手)가 되기 위함입니까?"

"당연하지 않은가? 안 그러면 태천맹에 쓸데없는 요청을 할 필요도 없지."

나는 힐끔 현기자를 쳐다보곤 말했다.

"그렇다면 차라리 청성파나 구파일방에 무공비급을 요청하고 전담 스승도 함께 요청하면 되지 않습니까? 칠 주야에 한 번 무공 지도라니, 어째서 이리도 귀찮게 돌아가십니까?"

내 질문에 현기자는 물론 삼왕야도 움찔했다. 현기자는 평소부터 생각하던 걸 내가 짚어 주자 후련한 기색이었고, 삼왕야는 곤란한 질문을 들은 듯했다. 지금까지 능글맞게 대답하던 것과 달리, 삼왕야는 잠시 입술을 깨물었다.

"나는 황제의 일족이지만 대륙에 사는 백성들을 존중할 줄 안다. 지금은 태천맹에 큰 폐가 되지 않는 범위 내에서 도움을 받고 있을 뿐이다."

"고수가 되고 싶으시다기 보다는……."

나는 잠시 생각하다가 말했다.

"마치 무공을 [수집]하시는 듯하군요."

"……."

삼왕야는 표정이 변하지 않았지만 정곡을 찌른 건 틀림

없었다. 그가 입을 열지 않는 것은 내게 더 이상의 정보를 주지 않으려는 것이다. 나는 추측이 대충 맞아떨어지자 속으로 생각했다.

'역시 삼왕야는 뭔가를 숨기고 있다.'

권력 싸움에 패배해서 낙향한 황족이, 화풀이로 무림인과 병사를 괴롭히며 지낸다.

단순히 이렇게 받아들일 수도 있는 일이지만 그게 아니다. 내가 첫 대면에서 느낀 삼왕야의 인상은 야망(野望)을 품고 있는 사내였고, [함부로 판단하지 마라]는 양군홍의 말에서 다시금 실마리를 얻을 수가 있었다.

상식적으로 이렇게 기묘한 행동은 보통 사람이 하질 않는다. 영민한 삼왕야가 일부러 괴짜짓을 할 때는 뭔가 숨기고 있는 비밀이 있다고 생각하는 게 자연스러운 것이다.

이상한 것은 삼왕야 곁에 시립해 있는 금의위 세 명의 움직임이었다. 그들은 어쩐지 시선을 삼왕야에게로 향하고 있었고, 삼왕야도 은연중에 그들의 움직임에 신경 쓰고 있었다. 분명히 호위 대상과 호위관은 서로 신뢰가 있어야 하는데 서로를 견제하는 듯했다.

삼왕야가 한숨을 내쉬었다.

"흠. 어린 친구가 정말 나를 곤란하게 하는군. 오늘의 무술 지도는 여기서 끝내도록 하지."

"그 말씀은……."

"현기자. 당신은 문파로 돌아가도 좋소. 앞으로는 귀찮게 하지 않을 것이오."

현기자가 화들짝 놀랐다.

"귀찮다니 그 무슨…… 오늘 뵙게 되어서 영광이었사옵니다."

"됐소. 그만 가 보시오."

현기자는 좋아 죽으려는 기색을 억지로 숨기는 듯했다. 정말로 그는 오고 싶지 않았던 모양이다. 현기자는 공손하게 삼왕야에게 예를 갖춘 후 나가려다가 잠시 나를 쳐다보았다. 그리고 전음(傳音)을 보내왔다.

"네 녀석이 누군지 알겠다. 무당칠검을 죽였다는 유극문의 태오구나."

그가 내 정체를 알아 맞춘 이유는 단순했다. 어린 나이에 고강한 무공이라면 현재 나는 무림에서 너무 유명해져 있다. 나는 대답하지도 않았고 시선을 맞추지도 않았다. 하지만 그는 약이 올랐는지 재차 전음을 보내왔다.

"태오. 언제고 내 체면에 먹칠한 대가를 치르게 해 주마!"

휘익!

현기자가 빠른 경공으로 사라져 버리자 삼왕야가 나를

응시했다. 그러더니 금의위들에게 말했다.

"자네들은 잠시 물러가 있게."

"네, 알겠사옵니다."

금의위들은 그렇게 말하면서도 시선을 내게 고정하고 있었다. 말이 물러간다는 것이지, 실제로는 근처에서 몇 명이 감시할 것이다. 금의위에게 황족 경호는 결코 포기할 수 없는 임무이기 때문이다. 더욱이 나처럼 수상쩍은 무림인을 황족과 독대시키는 건 원래 있을 수 없는 일이다.

그래도 인기척이 꽤 없어지자 삼왕야가 조용히 들릴 듯 말 듯 조그맣게 이야기했다.

"뭔가 목적이 있어서 온 거겠지? 네가 먼저 패를 보이거라."

청력을 돋우지 않으면 들리지 않을 정도로 조그맣게 이야기하는 이유는 금의위 때문인 듯했다. 이유는 알 수 없지만 그 또한 금의위에게 일거수일투족을 감시당하는 신세로 보였다. 나는 물끄러미 그를 쳐다보다가 기를 모았다.

'될까?'

그리고 전음(傳音)을 보내 보았다.

"저를 쫓는 무림 세력의 간섭을 막아 주시고, 쓸데없는

병사의 희생을 강요하지 않는다면 전하를 도와드릴 의향
이 있습니다."

된다. 내공이 일정 수위에 이르러야 염파(念波)를 발출
해서 상대방의 뇌에 전달할 수 있는데, 나도 이제 전음을
펼칠 수 있는 수준이 된 것이다.

"역시 그렇군. 누군가에게 쫓기고 있다고 생각했다."

"상부상조(相扶相助)가 좋다고 생각합니다."

내 제안에 삼왕야는 고민하는 표정을 지었다. 그러더니
말했다.

"아직은 너를 완전히 믿을 수가 없어. 내 밑에서 일을
몇 가지 처리해 주면, 그때 가서 너에게 내 뜻을 밝히겠
다."

"그 말씀은 저를 거둬 주신다는 겁니까?"

"이미 너는 내가 거하는 육선문에 찾아왔지. 해를 끼치
지 않는다면 식구를 내쫓을 생각은 없다."

간접적으로나마 삼왕야가 나를 인정한 셈이다. 나는 속
으로 다행이라고 생각했다.

'몰락했든 어쨌든 황족이다. 여기에 있으면 무림 세력
은 함부로 손을 댈 수 없겠지.'

운이 좋다. 나는 말을 하는 김에 좀 더 삼왕야에게 요
구해 보기로 했다.

"그리고 죄 없는 병사들을 무공 수련에 희생시키는 일은 그만했으면 합니다. 그들은 죽으려고 병사가 된 게 아닙니다."

"……."

순간 삼왕야가 멍한 표정을 지었다. 내가 진심이라는 걸 알아챈 것이다.

"지금까지 희생된 병사들의 유족에게 후하게 사례했으면 좋겠습니다."

"크하핫!"

삼왕야가 웃음을 터뜨렸다. 불쾌감이 아니라 흥미를 느끼는 웃음이었다.

"황족 앞에서 여태 그런 말을 직접 한 자는 없었다. 할 수 있다면 내 형님인 폐하뿐이었지. 너는 무림인이라서 그런지는 몰라도 정말 어린데도 배짱이 두둑하군."

"안 됩니까?"

"안 될 것 없지. 내 이름을 걸고, 무의미한 대련을 그만두고 유족들에게 사과하겠다."

이어서 삼왕야가 중얼거렸다.

"어차피 너만 한 수준의 수하가 있다면 더 이상은 그럴 필요도 없지."

나는 삼왕야에게 숨겨진 사정이 있다는 걸 짐작했다.

"일단 나를 따라와라. 간단한 설명은 해 주겠다."

*　　　*　　　*

삼왕야를 따라서 들어간 곳은 첫날에 도착했던 내전(內殿)이었다. 호화로운 장식이 되어 있고 옥좌가 비치되어 있는 공간이었다. 옥좌에 앉은 삼왕야는 나를 보며 말했다.

"이제 와서 하긴 이상한 질문이지만, 이름이 뭐지?"

"태오입니다."

"태오…… 태오라…… 아!"

삼왕야가 내 이름을 머릿속에서 곱씹다가 깜짝 놀랐다.

"무당칠검을 죽인 태오! 최근 강호의 화젯거리가 너였군. 전혀 생각지도 못했다."

그는 무림일에 관심이 많아서 소문을 듣고 있는 모양이었다. 하긴 내가 무당파와 태천맹에 쫓기다가 육선문에 올 거라고 생각하는 사람은 드물 테고, 일개 병졸 이름 하나하나에 신경 쓰는 황족은 없을 것이다.

"불운한 사고였습니다."

"후후. 나는 어떤 일이 있었든 신경 쓰지 않는다."

삼왕야는 자신만만하게 웃었다.

"중요한 건 내가 너의 무공을 필요로 한다는 거고, 너는 일을 해 줄 수 있다는 거지. 이미 너는 내 소중한 신하이다."

"제가 해야 할 일이 있습니까?"

"바로 해 줄 일이 있다."

그렇게 말한 삼왕야가 품속에서 왠 편지를 꺼내서 내게 내공을 실어서 날려 보냈다. 종이였지만 내공을 실은 탓에 직선으로 쭉 날아왔고, 나는 무리 없이 받아 내었다. 편지의 외곽에는 금박이 씌워져 있어서 고급스러워 보였다.

"그 편지를 내 친구에게 전해 주거라. 그게 첫 번째 임무다."

"누구에게 전해드리면 되겠습니까?"

"육선문을 나간 다음에 그 편지의 겉봉을 개봉하거라. 거기에 행선지가 적혀 있다."

삼왕야가 허탈하게 웃었다.

"크크, 생각은 일 년 전부터 하고 있었는데 이제야 맡길 사람을 찾게 되었군."

"……?"

나는 의아해져서 되물었다.

"심부름이면, 지금 이 자리 근처를 맴도는 금의위 세

명에게 시켜도 되지 않습니까? 어째서 제게……."

"……."

삼왕야는 대답을 하지 않고 애매한 표정을 지어 보였다. 그건 말을 안 하는 게 아니라 못한다는 뜻이었다. 나는 삼왕야가 금의위를 불신(不信)한다는 사실을 알아차리고, 더 이상 캐묻지 않았다.

'뭔가 사정이 있나 보군.'

"알겠습니다."

내가 대답을 하자 삼왕야는 안색이 확 밝아졌다. 그는 만면에 웃음을 지우지 않으며 나를 안심시키듯이 말했다.

"병사들은 걱정 마라. 그들은 본왕(本王)이 책임지고 안위를 살피겠다."

"안위까지 살피실 필요는 없습니다. 과도한 무공 수련만 자제해 주시면 됩니다."

"크크크. 정말이지 독설이 일품이군."

"사실은 언제나 쓴 법이죠."

나는 그렇게 쏘아붙이고는 예를 갖추며 물러 나왔다.

"그럼 다녀오겠습니다."

"무사히 다녀오거라."

내가 이윽고 내전을 나와서 육선문 바깥으로 나가는 길목까지 왔을 때였다.

'뭐지?'

이제 두세 걸음만 옮기면 육선문의 정문을 나서게 된
다. 하지만 왠지 속이 답답했다. 왠지 조금이라도 걸음을
옮겼다가는 큰일이 벌어질 것 같은 예감이 들었다. 나는
이윽고 그 느낌이 살기(殺氣) 때문이라는 사실을 알아차
렸다.

너무나 은밀하고 절제된 살기라서 아직 감각이 예민하
지 않은 나로서는 알아차리는게 늦은 것이다. 누군가가
나를 노리고 있다는 사실을 알게 되자, 나는 얼굴이 굳어
지며 서서히 검병으로 손이 갔다.

쉬쉭!

빠른 경공과 함께 금의 자수옷을 입은 사내 셋이 내 앞
에 나타났다. 그들은 명백히 정문으로 나가는 길목을 가
로막고 있었다. 나는 그들을 노려보며 말했다.

"금의위 분들이 왜 나를 막는 것이오?"

"별로 막을 생각은 없다."

선두에 있던 자가 한 발짝 앞으로 걸어 나오며 내게 손
을 내밀었다.

"왕야께서 주신 편지를 이리 내놔라."

"뭐라고?"

"우리 임무는 황족의 경호와 사찰(査察). 황명(皇命)이

니 거역할 생각하지 마라!"

매섭게 말하는 금의위의 기세가 강했다. 나는 황명이라는 단어 때문에 움찔했다.

황명!

방금 전에 내가 받은 것은 왕(王)의 의뢰였지만, 금의위는 황제의 명령을 받아서 활동하는 감찰기관이다. 그들이 황명을 들먹거리고 나서면 이 대륙의 어떤 인간도 무사히 넘어갈 수 없었다. 황제의 명령에 거스르는 건 말 그대로 대역죄이기 때문이다.

하지만 나는 다른 쪽에 생각이 미치고 있었다.

'내가 이놈들을 이길 수 있을까?'

교위가 암살 위험을 생각지도 않고 보고를 누락한 데는 이유가 있다. 금의위가 있는 한 어지간한 암살은 불가능하다고 판단했기 때문이다.

눈앞의 세 금의위는 강호에서는 별호도 하나 없는 자들이지만, 실력은 일류고수를 훨씬 뛰어넘는다. 솔직히 말하자면 금의위 두 명이 힘을 합치면 아까의 청성파 장로 현기자도 이길 수 있을 것 같았다.

이자들은 강하다!

기세나 자세나 보아도 알 수 있다. 지옥 같은 훈련과 절제를 통해서 벼려진 광신도 같은 자들이다. 붙으면 내가 쉽게 지진 않겠지만 이긴다는 보장도 없는 것이다.

내가 망설이고 있을 때 금의위가 재차 말했다.

"결단이 안 서는 모양이군. 당장 그 편지를 내놓는다면, 너를 금의위의 신입 대원으로 받아들이도록 건의해 보겠다."

"뭐?"

나는 뜻밖의 제안에 반문했다.

"어차피 네 녀석은 무림에서 도망치는 신세. 어설픈 황족의 비호를 받느니 금의위의 정예 요원이 되는 게 어떠냐는 말이다."

"……."

나는 하루 만에 급격한 변화를 겪는다고 생각했다. 순식간에 왕의 부하가 되었다가, 이제는 금의위가 되라는 제안까지 받고 있다니. 하지만 나는 유혹에 크게 흔들리지 않으며 신중하게 생각을 거듭했다.

'녀석들 쪽이 승률이 높다. 그런데도 일부러 꼬드기려는 걸 보면, 이 편지가 그만큼 중요한 것이란 뜻이다. 잘못하면 단숨에 왕야의 목숨까지 작살 낼 수 있을 정도의 중요성이 있는 게 분명하다.'

그리고 좀 더 깊게 내다본다면, 지금 편지를 건네주는 건 현명한 행동이 아니다. 설령 왕야를 배신하고 금의위가 된다고 해도, 한 번 배신한 적 있는 인간은 조직에서 중용되지 못한다. 어디를 가든 '하루 만에 배신한 인간'이라는 꼬리표가 붙게 될 것이다.

스릉.

"금의위들이 영 시정잡배 같은 사람들이었군."

나는 결정을 내리고는 검을 뽑아 들었다. 그러자 금의위가 차갑게 웃었다.

"어리석은 놈! 강운표 따위를 해치웠다고 아주 기고만장하구나. 지룡전 수준도 안 되는 잔챙이 따위!!"

파밧 하고 금의위 세 명이 순식간에 내 주변을 에워쌌다. 확실히 금의위에게서는 강운표와 비교도 되지 않는 정밀함과 기세가 느껴졌다. 특히 대장으로 보이는 자는 아까 청성파 현기자에도 그리 뒤지지 않는 것처럼 보여서 당황스러웠다.

'갑자기 왜 이런 강적이 튀어나오지?!'

잠시 후 검광이 쏟아지며 삼 대 일로 첫 초수를 부딪혔다. 나는 피할 방법이 없어서 전력을 다해 맞서야 했다.

까강!

나는 세 사람의 연계 공격을 소영검법의 삼대절초를 연계하며 받아 냈다. 하지만 광혈인을 섞어 쓰진 않았다고 해도 팔이 저릿저릿하면서 아파 왔다. 상대방의 검력이 상상 이상이자 나는 속으로 혀를 내둘렀다.

'뭐가 이렇게 세? 이놈들이 정말 무명(無名)이란 말인가?'

"크, 이놈이!"

내가 부하가 되겠다고 했을 때 삼왕야가 뛸 듯이 기뻐했던 이유를 알 것만 같았다. 이 정도 고수들이 호위 겸 감시자로 늘 붙어 다닌다면 아무것도 할 수 없는 게 당연하다. 그가 스스로 무공에 매진하면서 파고든 것도, 금의위의 감시를 벗어나고 싶은 욕망 때문이었으리라.

슈슉!

어검천명류(御劍天明流)
삼귀초(三鬼抄)!

갑자기 금의위 셋의 움직임이 크게 변했다. 지금까지는 그저 뱅뱅 돌면서 내 허점을 연수합격으로 찔러 오고 있었지만, 세 사람의 자세가 완전히 달라졌다. 마치 처음부터 서로 다른 무공을 익혔던 것처럼 서로 다른 경향의 절초가 한번에 쏟아졌다.

까가강!

나는 광혈인을 섞으면서 반탄력을 이용해서 상대의 공

격을 격퇴시키고 있었지만 점차 힘에 부치는 게 느껴졌다. 보법이나 검법 수준은 분명히 내 쪽이 낫지만 상대방보다 훨씬 체력이 부족하기 때문에 숨이 찼다.

'이대로 붙어 봐야 내게 남는 게 없겠어.'

나는 그렇게 생각하곤 수선의 신법을 이용해서 한순간 금의위들 사이를 돌파했다. 순식간의 일이라 두 사람은 깜짝 놀라며 뒤돌았지만 나는 이미 사 장이나 되는 거리를 날고 있었다. 세 명의 합격진을 돌파하는 일이 너무 쉬워서 내가 놀랄 정도였다.

아니, 수선사계의 움직임이 사기적일 뿐이다. 존재하는 모든 것에 흐름이 존재한다면, 흐름을 읽음으로서 모든 것을 피해 낼 수 있다는 개념이기 때문이다. 실질적인 모든 보법의 극점이라고 할 수 있었다.

휘익!

뒤에서 금의위들이 경공으로 날아왔지만 역시 내가 더 빨랐다. 애초에 개방도보다 빠른 시점에서, 내 앞에서 신법으로 우위를 차지할 만한 사람은 거의 없는 것이다. 나는 시가지로 접어들어서 사람들 사이에 섞이기로 했다.

웅성웅성!

대낮이라서 사람들이 붐비는 거리였다. 금의위들은 내 움직임을 금세 놓치고는 허둥대는 기색이었다. 물론 전문가들이니 곧 종적을 찾아내겠지만, 일단 적어도 한 식경의 시간은 번 셈이다.

나는 인기척 없는 골목으로 들어가서 재빨리 편지의 겉봉을 뜯어 보았다.

'대체 뭐길래 왕야가 금의위도 믿지 않고 부탁한 거지?'

찌익!

겉봉을 뜯으니 안에는 또 다른 편지가 들어 있었고, 그 위에 행선지가 적혀 있었다.

천산(天山)

남룡제(南龍帝) 귀하(貴下)

"……!!"

천산이라고 하는 곳은 잘 알고 있다. 분명히 중원 남쪽에 있는 험준한 대산맥(大山脈)이다. 천산을 조금 넘으면 서장이라고 하는 외국으로 나간다고 들은 적이 있다. 다만 남룡제라는 별호는 들은 적이 없었다.

유극문에 있던 시절에 성구몽 장로가 조심해야 할 만한 무림인물이나 고수를 꽤 알려 주었는데, 역시 남룡제라는 자는 모른다. 나는 의아한 표정을 지었지만 이내 해야 할 일을 찾아내고 생각했다.

'천산까지 간 다음에, 남룡제를 수소문해서 찾아서 편지를 건네준다.'

그렇지만 또다시 고난의 길일 것 같았다. 이번에 천산까지 이동한다면 태천맹에 속한 구파일방은 물론 금의위까지 내 뒤를 쫓을 게 뻔하다. 실질적으로 천하의 대세력이 나를 쫓아다니는 셈이니 기분이 오싹할 정도였다.

"재밌겠는데?"

하지만 왠지 해 보고 싶은 생각이 들었다. 이유는 잘 모르겠지만, 유극문을 나온 후로 며칠 되지 않는 시간 동안에 내 무공 경지는 지속적으로 늘고 있다. 단순히 실전 경험이 쌓였다는 수준으로는 이야기가 되지 않을 만큼 부쩍 늘고 있어서 나 스스로도 두려울 정도다.

스승들도 나는 천인일재가 아니라 또 다른 무엇이라고 했다. 내 능력의 실체에 대해서 언급하는 건 피하고 있었지만, 어쩌면 이 고난을 거치면서 그 정체를 파악할 수 있는 게 아닐까? 나는 가슴이 두근거리는 걸 느끼면서 편지를 품속에 집어넣었다.

목표는 천산이다.

　　　　　*　　　*　　　*

　그로부터 사흘 후.

　"조용히 다녀도 시원치 않을 판에 아주 들쑤시고 다니
는군!"

　금의위의 두 번째 권력자, 대영반(大領般) 하위지(河緯
地)는 보고를 읽자마자 어이없는 표정을 지었다. 얼마 전
에 천휘문과 유극문의 대결에서 태오가 귀검을 꺾었다는
일도 놀라운데, 지금 태오는 유극문에서 파문된 후 도주
하다가 무당칠검을 죽이고 삼왕야가 있는 육선문으로 투
신한 상태였다.

　더 골치 아픈 건 하필 삼왕야와 뭔가 결탁했는지 중요
한 밀서(密書)를 운반하는 중이라는 보고가 들어온 참이
었다. 정무의 난 당시에 가장 큰 적이었던 이왕야를 숙청
했지만 삼왕야는 황제의 온정 덕분에 살아남았다. 그렇다
고 해도 야심이 적은 인물이 아니라서 금의위는 항상 삼
왕야를 주시하고 있었는데 움직임을 보인 것이다.

　곁에 있던 금의위 천(天)급 요원이 조심스럽게 말했다.
그는 금의위에서도 다섯 명밖에 없는 특급 밀사라서 대영
반 하위지와 의견을 교환할 만큼 높은 위치에 있었다.

　"영반. 태천맹 쪽과 연계하시는 게 어떨까요? 태천맹에

서 지룡전급 고수 십인대를 투입했다고 하니, 더 손쉽게 잡을 수 있을 듯합니다."

"그건 안 된다."

하위지는 떫은 표정을 지었다.

"태천맹 쪽에 우리 정보를 조금이라도 넘겨주는 일은 피한다. 놈들이 중원 무림의 지주로 자처한다고 하지만 어차피 무림인일 뿐! 공조해 봤자 도움될 게 없다."

"그럼 저희 쪽 정보선만 이용하면 되겠습니까?"

"별수 없지."

아무리 태오의 일이 중요해도 태천맹은 잠재적인 적이다. 상황이 심각해지기 전까지는 태천맹과의 공조를 피하고 싶었다.

보고 자료를 정리하던 하위지가 말했다.

"태오의 행선지를 알아냈는가?"

"죄송합니다. 놈이 그저 남서쪽으로 향하고 있는 걸 추적하고 있을 뿐, 궁극적인 목적지는 알 수가 없습니다."

"남서쪽? 남서쪽이라……."

하위지는 애매한 표정을 지었다. 아마도 태오의 행선지는 향후 황실의 운명을 결정할 정도로 중대한 사안인 게 틀림없다. 그는 사실 태오가 황도(皇都)로 와서 유력한 정계의 거물을 만날 거라고 생각했는데, 호북에서 다시 남서쪽이면 아주 중원대륙의 변방으로 향하고 있는 셈이었다.

'삼왕야는 현재 병권도 재력도 아무것도 없다. 후원자는 곳곳에 남아 있지만, 그나마도 모두 감시받고 있는 상황…… 그가 중원 변방에 대체 뭘 숨겨 뒀단 말인가?'

사실 하위지 입장에서는 그냥 삼왕야에게 역모의 덫을 씌워서 죽이는 게 편하다. 황제만 허락해 준다면 금의위는 당장에라도 증거를 조작해서 그렇게 할 수 있다. 단지 황제가 형제를 죽이는 게 꺼려져서 허락해 주지 않을 뿐이다.

하위지는 황제가 무르다고 생각했다. 야망 있는 황족, 그것도 장성한 존재를 놔두는 것보다 국가안보에 위험한 일은 없다. 그는 잠시 씁쓸함을 곱씹다가 말했다.

"그러면 끝까지 가면 신강까지 가겠군."

"신강은 사파 천지입니다. 저희 쪽이나 개방이나 신강에서 정보를 얻기는 꽤 힘듭니다."

신강은 회족이나 서장의 족속들과 직접 연결되는 통로 같은 지역이었다. 하위지는 골똘히 생각을 해 보았지만 신강에 뭐가 있는지 알 수가 없었다.

그러던 중 지도를 들여다보던 하위지가 갑자기 몸을 떨었다.

"서, 설마!"

그의 눈에는 하나의 지명(地名)이 눈에 들어왔다. 천산(天山)이라고 이름 붙여진 천혜의 산맥이 신강 일대를 감싸듯이 존재하고 있었다. 인간이 거의 살지 않을 듯한 험준한 지형에 고원지대였다.

하위지가 급히 천급 요원을 불렀다.

"이봐! 삼황령(三皇靈) 중에서 지금 누가 제일 빨리 연락이 되겠는가?"

"네?! 삼황령을?"

그는 당황했지만 침착하게 생각을 정리하고는 대답했다.

"아마 흑황령(黑皇靈)께서 희부(曦副)의 자기 집에서 소일하고 계실 겁니다."

"급히 연락 드려라. 그분이 없으면 안 되는 일이다."

"무슨…… 그분께서는 이미 천하를 오시하는 무공을 지니고 계시잖습니까?"

"그러니까 그분들밖에 답이 없는 거다."

하위지는 씹어 뱉듯이 중얼거렸다.

"제국 최악의 적이 천산에 있으니까!"

따지고 보면 검성전(劍聖戰)이 최초로 시작된 이유도 괴물 때문이라고 할 수 있었다. 만일에 하위지의 추측이 맞다면, 어쩌면 태천맹과 연계해서 재빨리 태오를 잡아내는 게 최선일지도 몰랐다. 태오와 '괴물'이 만났을 때 어떤 일이 일어날지는 그조차도 예상을 할 수 없었기 때문이다.

하위지가 어떤 생각을 하는지 알아챈 천급 요원이 굳은 얼굴로 대답했다.

"알겠습니다."

"다른 분들은 안 되겠나?"

"백황령(白皇靈)께서는 폐하의 호위를 맡고 계시고, 무황령(無皇靈)께서는 신룡전(神龍戰)을 감독하고 계십니다."

"흠. 어쩔 수 없겠군."

무공의 서열은 무황령이 최강이고, 흑황령과 백황령이 비슷한 수준이었다. 그러나 그렇다고 해서 흑백황령을 약하다고 할 수 있는 자는 천하에 아무도 없었다. 하위지가 차가운 눈으로 지도를 내려다보았다.

"별로 감정은 없었지만…… 여기까지 발을 들인 이상 무슨 수를 써서라도 태오를 죽여야 한다!"

그리고 금의위가 본격적으로 인간 사냥에 나서기 시작했다.

7.
환세몽(還世夢)

그것은 검무(劍舞)였다.

검끝에 삶을 닮고 검끝에 죽음을 그린다. 한 동작 한 동작에 고뇌, 번뇌, 행복, 철학, 삶, 죽음, 인간, 세계……모든 것이 그려지고 있었다.

검마의 검은 이미 형식와 무형식, 초식과 무초라는 것을 벗어나 있었다.

생각하는 순간 이미 그것은 무당파의 양의무극검법(兩義無極劍法)이었으며 혈령곡의 혈천십이검(血天十二劍)이기도 했다. 혹은 천하삼십육검(天下三十六劍)이었으며 천마삼검식(天魔三劍式)이었다. 떨쳐 내는 검극에 강호

유수에, 천지무림의 역사상에 존재했던 검학(劍學)이 잔잔한 대하(大河)가 되어서 담겨 나왔다.

이미, 그것은

무림(武林)의 검(劍). 그 역사(歷史)의 총화(總華)에 다름 아니었다.

수천, 수만, 수억 강호를 제패했던 절대적인 검법에서부터 이름 없는 은거기인의 검, 새외에서 끊임없이 연구되었던 검, 복수를 위해 갈고닦은 검, 소중한 이를 지키기 위해 만들어진 검, 정의를 갈구하기 위해 추구된 검, 어디가 종말일지 모르는 무의 극한을 보기 위해서 사람을 괴롭게 한 검, 천하중생을 평안케 하기 위해 악을 베기 위하여 만들어진 검, 오직 스스로를 위하여 사용된 검, 삼류무사의 이름없는 검…….

그 모든 것이 한 초식에서 뻗어 나갔다.

"……."

다음의 장면을 보기 전에 꿈에서 깨어났다.

……무엇일까. 이 기억은.

"젠장! 알 게 뭐야?"

나는 투덜거리면서 등짝을 털었다. 간밤에 내내 나뭇가지 위에서 잠을 자다 보니까 등에 커다랗게 파인 자국이 생긴 것이다. 땅에서 자기에는 불안해서 아름드리나무를 골라서 기대 잤다.

지금은 쫓긴 지도 벌써 한 달이 다 되어 가고 있었다.

나를 쫓는 자들은 별의별 인물들이 다 있었다. 현상금 사냥꾼은 물론, 강호를 떠돌아다니던 유협(遊俠), 그냥 껄렁패, 구파일방의 고수도 있었다. 개방의 거지들은 마치 세상 끝까지 따라올 것처럼 목숨을 걸고 나를 추적하고 있었다.

그저께는 무려 열다섯 명이 매복하고 있다가 한번에 공격해 와서 반쯤 죽을 뻔했다. 수선을 익히지 않았다면 틀림없이 죽었을 것이다. 죽창이 날아오고, 이어서 염산이 뿜어져 나오고, 급기야는 내공을 담은 화살까지 마구 날아온 것이다. 그래도 상처 없이 살아 있는 건, 그만큼 내 신법 수준이 고급으로 올라갔기 때문이다.

뭐 그다음 일이야 말할 것도 되지 않는다. 현상금 사냥꾼들의 저열한 함정이길래, 습격을 피한 후에는 일 검(一劍)에 한 놈씩 목숨을 끊어 주었다. 다른 무림인들과는 다르게 현상금 사냥꾼들은 어설프게 살려 보내면 더 악착같이 달라붙는 성질이 있다고 무협소설에서 본 적이 있기 때문이다.

한 달째인 지금은 죽인 사람이 벌써 오십여 명이 넘어 갔다. 이런 식으로 진행되면 얼마 안 가서 죽인 사람 수가 일백 명이 넘을 것 같았다. 내 나이에 나보다 많이 죽인 사람은 천하에 드물 거라는 생각도 했다.

'그런데 별 느낌이 안 들어.'

검으로 베어 죽이든, 광혈인으로 폭발시키든, 각법으로 패 죽이든 무감각했다. 언제나 살기를 마주 보면서 지내다 보니까 이상할 정도로 담담해졌다. 특별히 잔인하게 죽일 생각도 없는지라 무감각함이 더 강했다.

이젠 스승인 성구몽 장로의 영향이라고 변명할 수도 없다. 무당파 놈을 죽일 때만 해도 폭급한 성정이 원인이긴 했지만, 지금 와서는 감정변화도 거의 느낄 수 없었기 때문이다. 나는 나 스스로에게 되묻다가 생각했다.

고민하지 말자.

일단은 살아남아야 '끝' 을 볼 수 있는 것이다.

나는 자신을 납득시키며 수통과 육포를 꺼냈다. 사실 각종 세력에게 추적당한지 한 달이나 지났는데도 딱히 식량 걱정을 안 하는 이유는 간단했다. 현상금 사냥꾼을 없애고 식량을 뺏던가, 아니면 어중이떠중이들을 패배시킨 후에 식량을 뺏었다. 가만히 놔두면 도리어 식량을 구하기 곤란할 텐데 어설프게 쪽수가 많으니 좋았다.

육포를 으적 씹어 먹으면서 나는 품속에 끼워 넣은 땀 냄새나는 지도를 꺼냈다.

'······여긴 사천(四川)의 중부지방이군. 벌써 중원을 반쯤 횡단했어.'

호북에서 사천까지 오는데 한 달이면 그럭저럭 보통 속도다. 목적지인 천산까지는 아직 절반밖에 오지 않았지만, 남은 한 달도 생존에 주력하면 충분히 갈 수 있을 것 같았다. 나는 가끔은 따뜻한 밥을 먹고 싶다고 생각하며 소리를 죽였다.

"······."

기척을 숨기는 방법은 저절로 익혔다. 처음에는 시도 때도 없이 적이 튀어나와서 당황했지만, 이윽고 추적자들이 내 특정한 신호나 흔적을 읽는다는 사실을 알아차렸다. 그 후에는 최선을 다해 흔적을 지우면서 외기(外氣)를 안으로 갈무리하는 법을 터득했다. 그 결과, 전문가가 아니면 내 은신처까지 찾아오진 못했다.

다만 오늘도 '손님'이 있었다. 여기서 고작 세 시진을 자면서 쉬었을 뿐인데, 벌써 오십 장 밖에 누군가가 다가오는 게 느껴졌다. 나는 신중하게 기척을 숨기면서 풀숲 사이로 몸을 낮췄다. 여기는 산지라서 풀을 잘 이용해야 은신을 할 수 있었다.

사십 장까지 거리가 가까워졌을 때, 나는 높은 지형에서 시력을 돋우어서 상대의 모습을 관찰했다.

'창(槍)?'

상대는 시꺼먼 창을 들고 있는 장년인이었다. 평범한 외모였지만 전신에서 뿜어져 나오는 투기(鬪氣)는 범상치 않았다. 근 칠 주야 동안 마주친 적들 중에서 가장 강력한 기운을 지닌지라, 나는 침을 꿀꺽 삼켰다.

'강해! 체력이 온전하긴 하지만 싸우고 싶지 않다.'

도주 생활을 하면서 나는 이전보다 적의 강약을 판단하는 능력이 늘었다. 전엔 어렴풋이 느껴지는 정도였지만, 지금은 일거수일투족을 보는 것만으로도 수준을 짐작할 수 있었다. 그리고 지금 나타난 창술가의 실력은 상급(上級)이 틀림없다.

저 창날이 움직이는 순간 마치 번개가 닥쳐오는 듯한 느낌이 들 것이다. 전에 부딪혔던 청성파의 장로보다 훨씬 강해 보였다. 나는 조심해서 먼 쪽으로 이동했다.

분명히 살면서 보기도 힘든 절정고수다.

어째서 저런 고수까지도 나를 추적하는 것일까.

무당파의 체면을 건드린 일이 이렇게 죽자사자 쫓아다닐 정도로 중요한 일인 것일까?

나는 그렇게 생각하자 엄청나게 억울한 기분이 들었다. 내가 강운표 같은 짓을 했다면 당장에 시정잡배로 비난받았을 텐데 무당파라는 이유로 모든 게 감싸지고 있었다.

당장에 마을을 지나칠 때 들리는 소문도, 내가 죄 없는 강운표를 베어 죽였다는 식으로 호도되고 있었다.

그때였다. 풀숲을 헤치고 다니던 창술사가 쩌렁쩌렁 사자후를 터뜨렸다.

"이놈, 태오! 썩 나오지 못할까! 나는 태천맹(太天盟)의 지룡부(地龍部) 서열 제사 위(四位), 흑영창(黑影槍) 임괴(臨壞)다! 네놈도 무인이라면 꼬리를 말지 말고 정정당당하게 맞서라!"

미쳤냐, 내가 나가게.

나는 임괴를 속으로 비웃으며 더욱 조심스럽게 이동을 했다.

'지룡부? 지룡전을 통과한 절정고수가 속해 있는 단체겠군.'

스승인 성구몽 장로에게 듣기로, 인룡전(人龍戰)만 통과해도 자기 이름 석 자를 알릴 정도의 일류고수이며 지룡전을 통과하면 틀림없이 일파의 절정고수라고 했다. 그런 절정고수들을 모아서 집단을 이루었다면 가공할 만한 게 틀림없었다.

순간 등골이 오싹해졌다.

저기서 소리를 질러 대는 흑영창 임괴만 해도 정면 승부를 하고 싶지 않을 정도로 강해 보인다. 그런데 저런 놈이 세 명, 다섯 명씩 몰려다닌다면? 내가 마주칠 경우 말 그대로 반항도 못하고 잡혀 버릴 것이다.

'제길! 이 숲에 저런 놈이 깔려 있으면 골치 아픈데……'

태천맹의 추격 방식은 간단했다. 개방은 지속적으로 내 흔적을 좇으면서 보고하고, 주전력은 개방의 인도에 따라서 내가 숨어 있다고 예상되는 위치에 찾아온다. 초기에는 여유롭게 피하고 있었지만 갈수록 간격이 짧아지고 있었다. 지금만 해도 한 시진은 넉넉하게 쉴 줄 알았는데 벌써 추적자가 따라붙은 것이다.

이 숲의 출구 쪽에 매복자가 있을 가능성이 높다. 나는 이를 악물면서 천천히 숲 속에서 전진했다. 중요한 건 빨리 가는 게 아니라 들키지 않는 것이기 때문이다.

저벅저벅.

다행히 그날은 무사히 숲을 떠나서 다시금 산 한가운데에서 잠을 청할 수가 있었다. 하지만 나는 그날 저녁에 어두운 동굴 속에서 육포를 깨작거리면서 공포감에 휩싸였다.

내일이나 모레는 틀림없이 맞닥뜨린다!

오늘 피할 수 있었던 건, 순전히 놈들의 예측이 틀렸기 때문이다. 하지만 놈들의 예측 범위가 점차 좁아지면서 정확해지고 있다. 아마도 마을에 도착하기 전에 나를 잡으려고 들 게 분명했다.

이대로 가다가는 정말 무협소설처럼 되어 버릴 것이다.

적에게 쫓기던 끝에 승산 없는 싸움을 하고, 절벽에서 떨어진 주인공은 생사를 알 수 없더라~ 하는 뻔한 전형이다. 물론 절벽이라도 있으면 다행이었다. 호북에서 사천까지 왔으니 아마 지옥까지 쫓아와서 시체를 확인하리라.

'잠깐, 절벽?'

그 순간 나는 좋은 생각이 떠올랐다. 나는 급히 야밤중에 내공으로 시력을 강화해서 숲을 헤매었다. 원래 이 시간에는 체력을 아끼려고 거의 움직이지 않았지만, 나는 서둘러서 개천을 찾았다.

이윽고 졸졸거리는 소리와 함께 산에 흐르는 계곡물을 발견했다. 나는 계곡물을 따라서 열심히 걸었다. 그러자 한참을 걷던 끝에 점차 크기가 넓어지는 계곡을 발견했다. 아마도 이 끝에는 한 차례 떨어지는 절벽이 존재할 것이다.

"흐…… 흐흐……."

나는 미친 듯이 웃다가 계곡물에 풍덩 뛰어들었다. 그리고는 내공으로 한기(寒氣)를 몰아내면서 계속 잠수했다. 이윽고 수류가 빨라지더니 몸 가누기 힘든 지점이 다가왔다. 나는 거기에서 천근추의 수법으로 멈추면서 저

멀리 어두운 절벽의 끝을 노려보았다.

"소설에선 보통 이러면 죽었다고 해 준단 말야! 더 쫓아오지 마, 미친놈들아!!!"

나는 아무도 안 들어주는데도 혼자서 발악을 했다. 그리고는 뛰어들었다는 표시로 물가에 신발을 놔둔 채 다시 잠수했다. 그리고는 천근추의 수법을 떼고 물의 흐름에 몸을 실었다.

쿠르르르!

물의 속도는 정말로 엄청나게 빨라졌다. 바람보다 빠른 돌개바람처럼 말려 들어가던 계곡물은 종래에는 눈이 뒤집힐 정도로 격류가 되었다. 이제는 천근추를 써도 못 버틸 정도가 되자, 나는 뭔가 잘못 되었다는 사실을 깨달았다.

쿠르르르르륵!

나는 갑자기 힘이 역전되는 걸 느끼면서 몸이 끝없이 아래로 추락하는 걸 느꼈다. 눈을 감고 있는 중에도 전신이 폭포에 휩싸이면서 몸이 충격 때문에 들끓고 있었다.

콰앙!!

풍덩이 아니었다. 나는 폭포 아래로 몸이 떨어지는 순간 마치 전신을 망치로 얻어맞은 것처럼 엄청난 충격이 닥쳐오는 걸 느꼈다. 미리 내공으로 몸을 보호하지 않았다면 몸 한쪽이 으깨질 정도였다.

끄아아아악!

나는 속으로 비명을 질렀지만 물의 압력과 충격이 너무 커서 소리조차 지를 수 없었다. 단지 격통을 끌어안고 끝없이 물속으로 잠겨 가고 있을 뿐이었다.

팟하고 한순간 의식이 끊어졌다. 잠시 후 정신을 차렸지만, 설마 사룡광마혈의 공력이 이 정도로 상승했는데도 충격량을 다 견디지 못할 줄은 예상치 못했다. 내장이 진동했는지 입가에서 뜨끈한 피가 자꾸 흘러나왔다.

나는 숨도 못 쉬고 떠내려 가다가 한참 후에야 좁아지는 또 다른 계곡에서 정신을 차렸다.

철벅.

간신히 바위로 손을 뻗어서 빠져나오자, 주변은 아예 본 적 없는 기암괴석이 가득한 공간이었다. 아직 한밤중이라서 주변이 잘 보이지 않지만, 확실히 기이한 분지가 형성되어 있었다.

나는 귀에 들어간 물을 털어 내면서 바위 위에서 몸을 웅크렸다. 한밤중의 계곡에 뛰어들고도 살아남다니, 내 내공이 확실히 많이 진보하긴 한 듯했다. 다만 옷이 물에 젖은 탓에 급속한 체온 저하를 어찌할 수가 없어서, 나는 불이 필요하다는 사실을 절감했다.

'어쩌지? 불을 피우면 말짱 도루묵인데⋯⋯.'

나는 추위 때문에 이빨을 달달 떨면서도 고민했다. 불을 피우면 당연히 사람들의 눈에 띈다. 그래서야 체력 소모를 무릅쓰고 만장단애 계곡물에 뛰어든 보람이 없는 것이다.

그때였다.

"거기 누구 있어요?"

"⋯⋯!!"

어느새 가까운 곳까지 웬 사람이 걸어와 있었다. 그 사람은 조그마한 등불을 품에서 꺼내 들더니 내게로 비췄다. 나는 물에 젖은 생쥐 꼴로 상대를 바라보았다.

여자다. 그것도 상당히 아름다웠다.

이 근처에 사는 여자인지 아닌지 알 수가 없었다. 왜냐하면 옷이 굉장히 독특했기 때문이다. 면과 천으로 만든 것 같긴 한데, 상의와 하의를 분리해서 따로 안감을 만든 옷이었다. 노출은 그다지 없었지만 사람 사는 거리에 가면 바로 주목을 받을 정도였다.

'뭐지?'

그녀는 똘망똘망한 눈으로 나에게 등불을 갖다대더니 말했다.

"춥겠다. 이 한밤중에 자맥질을 한 건가요?"

"그렇게 할 일 없는 사람은 아닌데요."

"흠."

덥석!

그녀는 갑자기 손을 뻗어서 내 팔을 잡았다.

"밥 안 먹었으면 우리 집에 가요."

"……"

이상한 일이었다. 경계를 해야 할 텐데 나는 무심코 그녀가 이끄는 대로 움직였다. 왜인지 나 스스로에게 반문했지만 멍할 정도로 멍청하게 따라서 걸어가고 있었다.

'아, 그렇군……'

몇 달 전에 유극문주 사호에 의해 강제 입문된 후, 유극문에서 죽을 힘을 다해서 무공을 수련한 후 파문당해서 또다시 개방에 쫓기고 금의위에 쫓기는 파란만장한 나날들. 밥도 제대로 못 먹고 잠도 제대로 못 먹었다. 요 몇 달간 너무 고생을 하다 보니, '밥'이라는 단어에서 지독한 따뜻함과 그리움을 느낀 것이다.

주룩.

"어머! 왜 그래요? 우나요?"

"안 울어요."

나는 뺨에 물방울 한 줄기를 재빨리 훔쳐 내었다. 감정이 크게 흔들리면서 울컥하긴 했지만 그리 서럽진 않다.

이 정도로 우는 소리를 할 거면 애초에 집을 나오지도 않았을 것이다. 그녀는 상냥하게 웃으며 말했다.

"나는 예화(汭花)예요. 당신은요?"

"……태오(太鳥)."

"감기 걸릴지도 모르니까 빨리 집에 가서 옷을 말려야겠어요."

잠시 후, 나는 예화를 따라서 집 안에 들어갔다. 예화는 깊은 산중에 살고 있는지, 산짐승도 안 찾아올 법한 외진 계곡 구석에 오두막을 하나 지어 놓고 있었다. 심지어 반쯤 절벽을 타고 가는지라 사람들 눈에도 어지간하면 보이지 않았다.

나는 위치의 절묘함에 기가 막혔다.

'세상에 이런 곳에서 사는 사람도 있구나.'

예화의 집은 딱 혼자 살 만큼 비좁았다. 그녀는 집 아궁이에 불을 때더니 내 옷을 거기에 말렸다. 나는 반쯤 알몸이 되어서 멍하니 따뜻한 불빛 앞에서 몸을 녹였다. 확실히 내공으로 한기를 견딜 수는 있어도, 진짜 불꽃보다 좋지는 않은 듯했다.

예화는 내 옆에 앉더니 킥킥 웃었다.

"소협은 여자 앞에서 벌거벗어도 별로 거부감이 없군요?"

"네? 그게 어때서……."

나는 도리어 알아듣지 못하고 고개를 갸우뚱했다. 내 고향에서는 여자아이들과 남자아이들이 옷도 내팽개치고 같이 수영을 하거나 산짐승을 잡아먹기도 했다. 눈앞의 여자가 나보다 나이가 많아 보였지만 어차피 십대 후반으로 보여서, 별로 거리낌이 느껴지지 않는 것이다.

그녀는 까르르 웃더니 말했다.

"그나저나 어디를 가던 길이에요? 보통 사람은 아닌 거 같은데……."

"천산에 가고 있어요."

"천산요? 천산은 여기서 한 달도 넘게 걸어가야 하는데……."

그녀가 깜짝 놀라자 나는 민망한 표정을 지었다. 중요한 편지는 옷을 다시 기워서 만들어 놓은 곳에 숨겨 두어서, 물에 젖긴 했어도 안의 내용은 흐트러지지 않았을 것이다. 면포로 다시 싸 놨으니까.

"그래도 가는 편이 낫죠."

"왜 가나요?"

"그건 말할 수 없네요."

나는 중얼거렸다. 어쩌면 눈앞의 예화라는 여자가 태천맹이나 금의위의 끄나풀일 수도 있기 때문이다. 목적지를 말해 봐야 어차피 천산 산맥에 도착하면 다시 한 번 산중을 헤매야 할 테니 상관없는 문제였다.

예화는 흐응하며 반응하다가 말했다.

"저는 아버님께서 편찮으셔서 이 근처에서 귀한 약초를 찾고 있어요. 약초만 찾으면 여기를 떠나려고 했는데, 벌써 반년이나 이 숲을 떠나지 못하고 있네요……."

"네? 대체 무슨 약촌데요."

내가 반문하자 예화가 대답했다.

"만년보련(萬年寶蓮)이란 거예요. 아버님은 예전에 극한의 양기(陽氣)에 당한 상처 때문에 거동이 불편하신데, 극한의 음기를 지니고 있는 보련을 섭취하시면 예전처럼 건강해지실 거예요. 전 그래서 만년보련의 위치를 찾아서 일 년 동안 공부했고, 여기가 제일 가능성이 높다고 생각해요."

"아버님도 무림인이신가 보네요."

"맞아요."

나는 호기심을 느꼈다.

만년보련이라고 하니까 마치 영약(靈藥)인 것처럼 들렸다. 무협소설에서 영약을 먹으면 내공이 크게 증진되고, 갑자기 악역을 몇 단계나 쓸어버릴 힘을 갖추게 된다. 나는 속으로 은근한 욕심을 품으면서 대답했다.

"찾으면 제가 먹고 싶네요."

"아하하하하하!"

내 대답에 예화가 깔깔 웃었다. 그녀는 숨이 넘어갈 것처럼 웃다가 눈물을 찔끔 훔치면서 말했다.

"소협 정말 재밌네요. 너무 솔직한 거 아니에요?"

"그치만 저도 내공이 높아지면 좋은걸요."

아닌 게 아니라 내가 익힌 사룡광마혈도 열기를 바탕으로 하는 무공이다. 음기를 지니고 있다는 만년보련을 먹으면 내 내공은 적수를 찾기 힘들 정도로 발전할 것이다. 예화가 물에 젖은 내 머리에 수건을 씌워서 닦아 주었다.

"사실 아버님은 이대로도 오래 사시겠지만, 상처 때문에 이따금 고통스러워하고 내공을 쓰기 힘들어하시는 걸 자식으로서 보기 힘들어요. 그래서 만년보련을 찾았을 때 소협에게 양보할 순 없어요."

나는 뚱하게 대답했다.

"뭐 어때요. 지금 옷만 말리면 바로 떠날 겁니다."

"마음이 급한가 보군요?"

"실제로도 급하니까요."

절벽에서 떨어졌다는 속임수로 며칠은 벌 수 있을 거라고 생각하지만, 만일에 놈들이 생각보다 더 악착같으면 오래 시간을 끌 수 없다. 조금이라도 빨리 천산에 가야만 개방과 금의위의 추격을 따돌릴 수 있으리라.

예화가 말했다.

"신발이 없는 거 같은데 괜찮겠어요? 내공이 있어도 맨발바닥으로 걷는 건 익숙치 않으면 아프답니다."

"어쩔 수 없죠."

"제가 신발을 만들어 드릴게요."

"네?"

그러더니 예화는 식물 줄기와 새끼줄, 그리고 면과 가죽을 어디선가 갖고 왔다. 내가 황당한 눈으로 보고 있을 때 그녀는 발 밑창의 가죽을 덧대더니 익숙한 솜씨로 간단하게나마 신발을 만들기 시작했다.

'어? 뭐지?'

나는 멍하니 지켜보고 있다가 예화의 손재주가 너무 좋아서 깜짝 놀랐다. 분명히 내가 살던 시골에서도 대충 신발이 떨어지면 만들어서 기워 만들기도 했지만, 지금 그녀의 솜씨는 마치 전문 직공을 떠올리게 했기 때문이다.

약 한 시진이 지난 후, 그녀는 짚과 식물줄기로 간단하게 발을 감싸는 신발을 내게 내밀었다.

"자, 여기요."

"……."

간단히 받아서 신어 보자 발에 딱 맞았다. 헐렁한 감은 있었지만 그게 도리어 편했다. 나는 고개를 크게 숙였다.

"감사합니다."

"아하하, 숲에 오래 있다 보니 신발이 해질 일이 많아서요. 소협에게 도움이 되어서 기쁘네요."

"……."

나는 고민에 빠졌다. 은혜는 반드시 갚아야 한다고 부모님에게 배웠다. 천산에 가는 일은 분명히 급하긴 하지만 현실적인 문제일 뿐, 어떤 사명감을 가지고 하는 일은 아니다. 산중에서 불도 쬐게 해 주고 신발도 만들어 준 은인(恩人)에게 대가를 돌려주는 게 더욱 옳은 일이라는 생각이 들었다.

그래서 나는 입을 열었다.

"괜찮으시면 제가 만년보련이란 걸 찾는 걸 도와도 될까요?"

"소협이요?"

놀란 듯 반문한 예화가 짓궂게 웃었다.

"찾으면 먹어 버릴까 봐 겁나네요."

"음…… 안 먹도록 노력은 해 보죠."

"어라? 진심인가요?"

"네. 돕게 해 주세요."

그녀는 잠시 고민했다. 내 말이 진심이란 걸 알았기 때문이다. 그녀는 고개를 끄덕이며 말했다.

"네. 어차피 이 근방은 다 찾았으니까 두세 군데 돌아보는 것만 도와주세요."

8.
만년보련(萬年寶蓮)

그리고 다음 날부터 예화와 함께 만년보련을 찾는 생활
이 시작되었다.

그녀는 말 그대로 사람이 갈 수 없을 법한 지형만 골라
다니면서 만년보련을 찾고 있었다. 길도 나 있지 않은 절
벽을 타는 것은 기본이고, 어떤 경우는 떨어지면 즉사할
듯한 협곡을 아슬아슬한 줄을 타고 건너기도 했다.

퍼억!

나는 소도(小刀)를 절벽에 찍어내리며 간신히 협곡을
건넜다. 나는 내가 지나온 협곡 간의 거리가 무려 사십여
장이나 되는 걸 알아채고 한숨을 토해 냈다.

"무공(武功)이 보기보다 대단하네요."

"호신용이에요. 아버지께서 어렸을 때부터 가르쳤죠."

예화는 점심 대용으로 내가 갖고 있던 육포를 뜯었다. 나는 질린 기색으로 예화를 바라보았다. 겉으로는 고생 한 번 해 본 적 없는 양갓집 규수처럼 생겼지만 내공(內功)이 굉장히 높았다. 아마도 나보다 두 배는 많을 듯싶었다. 그렇지 않으면 단순히 기다란 못을 밀어 넣는 것만으로 절벽 바위가 두부처럼 뚫리는 현상을 설명할 수 없었다.

호신용 무공이 저 정도라면 대체 아버지란 자는 얼마나 강하단 말인가?

그녀는 내게 수통을 건네면서 말했다.

"마지막으로 저 협곡 간의 조그마한 분지만 조사하면 끝나요."

"끝나다니요?"

"저기에도 없으면 포기하려고 해요……."

예화는 약간 슬픈 표정을 지었다.

"너무 오래 나와 있으면 가족에게 걱정을 끼치니까요."

순간 나는 내 부모님 생각이 났다. 그러고 보니 시간상으로는 얼마 되지 않았지만, 무림에서 지내는 동안 동안 집에 얼굴을 비친 적이 한 번도 없다. 강호에 관심이 없는 부모님이지만, 강호에서의 내 악명을 듣는다면 걱정할 것 같기도 했다.

'하아…… 하지만 보나마나 금의위나 개방이 우리 집을 감시하고 있을 텐데. 이래서야 평생 돌아갈 수가 없잖아.'

그러고 보니 내가 무림에서 원하는 삶이란 대체 어떤 것일까?

딱히 무림의 영웅이 되고 싶지도 않았고, 문파의 종주가 되고 싶지도 않았다. 그저 조용히 집 안에서 무협소설 읽으면서 적당히 맛난 걸 먹으면서 대충 사는 게 내 꿈이었던 것이다. 지금은 조금이라도 무림을 체험해 보겠다는 생각에 온갖 일에 도전하고 있지만, 사실은 조용히 사는 걸 더 좋아하는 편이다.

내가 생각을 하는 도중에도 위험한 암벽등반은 계속되었다. 우리는 못과 소도를 절벽에 박거나 손아귀 힘으로 바위를 움켜잡으며 절벽을 횡으로 건넜다. 확실히 이딴 식으로 이동하면 제정신 박힌 인간이면 누구도 추적할 수 없으리라.

이윽고 정신이 아득해지는 절벽의 높이를 극복하고 조그마한 분지에 내려앉자 살아 있다는 실감이 들었다. 놀라운 것은 분지의 광경이었다.

"……!!"

화사하다.

놀랍게도 절벽으로 둘러싸인 분지 한가운데에는 고즈넉한 연못이 있었고, 그 한가운데에는 은은한 회색빛으로 빛나는 거대한 연꽃이 있었다. 연꽃은 어지간한 장정의 몸집보다 두세 배는 커 보였다. 그리고 연꽃 근처에는 새끼연꽃으로 보이는 것들이 가득 피어 있고, 연못 바깥에는 각양각색의 아름다운 꽃들이 피어 있었다.

신비스러운 광경이기까지 했다. 내가 황홀한 눈으로 쳐다보고 있자 예화가 진지하게 말했다.

"지금부터가 진짜예요, 태오. 목숨을 걸어야 하겠네요."

"네? 왜 목숨?"

"제가 고대문헌을 뒤져 본 바에 따르면, 만년보련 자체는 만물의 독기를 중화하고 극한의 음기를 띄고 있어요. 그러나 만년보련 근처의 물은 천하에 다시 없는 독수(毒手)이고, 저 아름다운 꽃들도 모두 치명적인 독을 지니고 있어요. 신의가 와도 살릴 수 없을 정도일 거예요."

"……."

극독 천지라니.

눈앞에 보이는 아름다운 광경과 달리, 만년보련을 꺾어가기 위해서는 말 그대로 죽느냐 사느냐의 관문을 넘어야 하는 것이다. 그때 예화가 망설이면서도 아까부터 가져왔던 기다란 새끼줄을 꺼냈다.

"이걸 쓸 때가 됐네요."

"어떻게 하려고요?"

"새끼줄을 던져서 만년보련의 꽃만 꺾고, 그걸 재빨리 공중에서 잡아채서 이쪽으로 가져오는 거예요."

나는 물끄러미 만년보련을 응시했다.

"만년보련의 줄기나 뿌리에는 효능이 없나요?"

"뿌리는 극양(極陽)이라서 꽃과 마찬가지로 영약이고, 줄기를 먹으면 내장이 튼튼해져요. 그건 왜요?"

"그럼 뿌리는 나 줘요."

"……."

예화는 어이없는 표정을 지었다. 그녀는 고개를 절레절레 저었다.

"내 말을 못 들었나요? 저 독은 염산이나 유황과 차원이 달라요. 스치기만 해도 사망이라구요."

"안 스치면 되잖아요."

"무슨……."

"일단 약속이나 해 줘요. 꽃은 당신 거고, 뿌리는 내가 먹을 거예요."

그녀는 크게 망설이는 모습이었다. 그러더니 고개를 끄

덕였다.

"알았어요."

"그럼 태오, 갑니다."

나는 씨익 웃으며 한쪽 팔을 걷어붙였다.

"무협소설을 읽을 때마다 생각했다구요. 어째서 간단한 방법을 다들 안 쓰는지."

"네? 소협, 무협소설이라뇨?"

나는 대꾸하지 않고 양손에 공력을 가득 모았다. 그러자 사룡광마혈로 촉발된 강력한 광혈인의 힘이 양팔에 가득 집중되었다. 나는 바람의 방향을 잘 재다가, 반대쪽으로 불자마자 쌍장을 휘둘렀다.

쿠콰쾅!!

그러자 연못 바로 앞의 땅이 크게 파이더니, 만년보련 주위에 모여 있던 연못 물이 크게 튀어 올랐다. 나는 그 진동을 놓치지 않고 다시 한 번 땅을 크게 쳤다.

이중 진동의 원리!

파동이 두 개 합쳐지면 위력이 엄청나게 높아지는 성질이 있다는 걸 알고 있었다. 아니나 다를까 처음에는 물방울이 튀는 정도였다가, 이번에는 진동 때문에 물이 급격히 넘실거렸다. 내가 혼신의 힘을 다해서 땅거죽이 패일 정도로 장력을 날렸다.

쿠르르르릉!

땅이 밑에서 아래로 밀어 올리는 진동을 받자, 삼 장 넓이로 고여 있던 큰 연못물이 마치 해일이라도 일어난 것처럼 치솟아 올랐다. 그리고 그 엄청난 양의 독수(毒手)는 반대편 절벽으로 철썩이며 날아갔다.

주르르륵!

예화의 말대로 독성이 엄청난지, 독수는 바위를 눈 깜짝할 사이에 녹여 버리고도 모자라서 계속해서 지형을 바꾸기 시작했다. 삽시간에 흐르는 독수 때문에 돌무더기가 사라지고, 연이어서 커다란 구멍이 생겼다.

당연한 말이지만 독수는 흐르지 않고 땅마저도 녹였다. 연못에 고여 있었던 것은 단순히 주변의 땅이 독성에 강해서였을 뿐, 원래는 땅이고 뭐고 다 녹이는 게 정상이기 때문이다.

후와악!

독수가 반대편으로 날아가자 자연히 만년보련을 제외한 나머지 극악한 독초들도 함께 전멸했다. 일련의 과정을 바라보던 예화가 비명을 질렀다.

"까아아아악!! 소협 뭐하는 거예요!"

"뭐하긴요. 문제는 독수랑 독초 때문에 만년보련을 가져가기 힘든 거잖아요."

나는 씨익 웃으며 손을 거두었다. 이미 장내에는 형체
도 남지 않은 연못 분지와 휑하니 큰 뿌리와 함께 쓰러져
있는 만년보련밖에 남지 않았다. 독초들까지 싸그리 쓸려
가 버렸으니 가서 만년보련만 가져오면 되는 것이다.

"신경 좀 썼어요. 만년보련이 있는 중심의 파동만 없애
고 나머지 독물이 다 날아가 버리게."

"으으으…… 만년보련이 죽어 버리면 어떻게 하려고……."

"저 정도로 죽겠어요? 독수를 먹고 살아가는 꽃이었는
데 생명력 갖고 걱정할 일도 아니죠."

"……."

예화는 할 말이 없는지 황망하게 만년보련을 바라보았
다. 그러더니 품에서 왠 수투를 꺼내서는 손에 착용하더
니 걸어가서 크기가 일 척 팔 촌을 훨씬 넘는 만년보련 꽃
과 줄기를 가져왔다. 그녀는 소도를 챙겨들더니 거대한
뿌리 부분을 잘라 내었다.

"자요."

"이거 독 묻었을 건데……."

"문헌에 따르면 만년보련의 뿌리도 만독을 정화하는 힘
이 있어서, 아무렇지도 않을 거예요."

나는 뿌리를 손에 집었다. 뿌리라고 해도 만년보련의
뿌리는 무려 크기가 웬만한 어린아이보다 더 커서, 나는

이걸 어떻게 먹어야 하는가에 대해서 심대한 고민을 해야만 했다. 무협소설에서 그냥 과일 크기의 영약을 먹는 것과는 차원이 다른 문제 같았다.

내가 머리를 싸매는 걸 보던 예화가 깔깔 웃었다.

"뿌리를 탕처럼 끓여 먹으면 되잖아요? 설마 그걸 생으로 먹으려고요 소협?"

나는 뜨끔해져서 부정했다.

"그냥 영약을 먹게 되니까 기뻐서 감동했을 뿐인데요."

"별로 기대는 하지 말아요. 고대문헌은 뻥튀기 된 게 많아서, 기대보다는 실망을 할지도 모를 테니."

"뭐 그건 그렇고……."

나는 힐끔 절벽 맞은편을 바라보았다. 독수 때문에 절벽이 새까맣게 녹자, 휑하니 뚫려 버린 공간 사이로 거센 바람이 쏟아져 들어왔다. 다시 한 번 암벽등반을 해야 한다는 생각이 들자 눈앞이 캄캄해졌다.

"어떻게 내려가죠?"

"힘 내요! 소협. 기연(奇緣)을 얻었는데 절벽 타는 일이 대수인가요."

그렇게 말한 예화는 만년보련의 꽃을 보따리에 넣어 놓고 다시 절벽을 타기 시작했다.

"……."

기연은 기연인데, 어째 소설에서 보던 것과 많이 다르다는 생각을 지울 수가 없었다. 나는 구시렁대면서도 만년보련 뿌리를 입에 문 채로 열심히 절벽을 타야만 했다.

*   *   *

나는 함께 예화의 오두막에 돌아와서는 큰 솥에다가 뿌리를 집어넣었다. 그리고는 계곡에서 물을 잔뜩 가지고 와서 솥에 부은 후, 물을 끓이기 시작했다. 사실 예화의 말에 따르면 생으로 먹는 게 효력이 좋은 듯하지만, 뿌리를 다 먹어야 영약 효과가 돈다는 걸 감안해 보면 비현실적이었다. 먹는 도중에 공력이 부풀어 올라서 터져 버릴 수도 있기 때문이다.

그럴 바에야 뿌리를 끓인 다음에 우려낸 물을 마시는 편이 현실적이었다. 나는 뿌리를 다 끓이는데 적어도 두 시진이 걸린다는 사실을 납득하고는 아궁이 앞에 앉아서 기다렸다. 예화는 안에서 피곤해서 쉬고 있는 듯했다.

'영약이라니!'

나는 가슴이 뛰어서 주먹을 불끈 쥐었다.

솔직히 유극문을 나온 다음에는 위선자나 썩은 모습밖에 보지 못해서 무림 모험을 계속해야 하는지에 대해서 회의감이 들었다. 하지만 이렇게 만년보련의 뿌리를 손에 넣고 보니 무협이 아직 실감이 들었다.

그런데 내가 절벽에서 떨어진 지 사흘이 지났는데도 추격대가 안 쫓는 걸 보면, 아직까지도 절벽 주변을 뒤지고 있거나 내가 심산유곡에서 죽었다고 판단한 모양이었다. 나는 팔짱을 낀 채로 보글보글 솥이 끓는 걸 뚫어져라 보았다.

'근데 이건 좀 아닌 거 같아! 영약 달여 먹는 소설은 아직 본 적이 없는데…… 으음…….'

나는 속으로 간절히 빌었다.

'환룡! 주인공이 영약 달여 먹는 무협소설 다음에 써 주세요.'

그러거나 말거나 두 시진이란 시간은 순식간에 흘렀다. 다 끓었다 싶어 나는 아궁이의 불을 끄고, 오두막에 있는 표주박을 꺼내서 천천히 솥을 저었다. 조금 식고 난 다음에 만년보련 뿌리끓인 물을 먹을 생각이었다.

잠시 후 맹물처럼 솥이 식고 나자, 나는 예화를 불렀다.

"먹으러 오세요."

"다 됐나요?"

예화는 표주박을 꺼내서 거침없이 떠 마셨다. 나도 대충 떠서 마셨다. 표주박으로 약 여덟 번 정도를 마시고 나자 갑자기 기혈(氣穴)에서 따끔한 반응이 왔다. 아직 반도 마시지 않았는데 정신이 혼미해지자, 예화가 내 등을 두들기며 말했다.

"귀한 거니까 다 마셔야죠! 열심히 먹어요."

"아…… 먹기 싫어……."

나는 투덜대면서 열심히 떠서 마셨다. 솥바닥을 비웠을 무렵에는 점차 어지러워지면서 잠이 왔고, 그건 예화도 마찬가지인 듯했다. 우리는 정신을 애써 차리면서 바닥에 앉아서 운기행공을 하기 시작했고, 그러자 단전이 점차 충만해지면서 전신에 활력이 솟아오르는 게 느껴졌다.

기경팔맥이 한 번에 열리면서, 생사현관이라고 불리는 부분까지 기가 솟아오르는 느낌! 세상에 체내의 기가 이만큼이나 높아진다는 건 생각해 본 적도 없어서, 나는 필사적으로 힘을 조절하면서 단전에 갈무리하려고 노력했다.

확실히 영약은 영약이었다. 하지만 물을 넣어서 끓인 탓에 이 할의 효력을 잃어버렸는데 이 정도라면, 생으로 먹었다면 진짜로 몸이 터져 죽었을지도 모른다. 지금도 영약의 기운 때문에 전신이 제멋대로 휘둘리는 느낌이기 때문이다.

쿠웅!

한 차례 내력이 단전 바닥으로 내려앉는 느낌이 들었다. 나는 전신에 격통이 덮쳐 오는 걸 느끼며 숨을 고르다가, 이윽고 열기가 전신 모공으로 퍼져 나가서야 눈을 떴다. 이제야 제대로 힘이 갈무리된 것이다.

'굉장해. 한 번에 몇 년치 수련 공력을 얻어 버린 거 같아.'

나는 주먹을 말아쥐면서, 내게 찾아온 기연에 감탄했다. 전신이 땀에 젖었지만 그래도 불쾌감이 느껴지지 않을 정도로 강해졌다는 실감이 들었다. 옆을 보자 예화도 막 깨어나고 있었다. 그녀는 머리를 약간 옆으로 쓸더니 말했다.

"괜찮네요. 보양식을 먹은 거 같아요."

"……."

영약을 먹은 감상이 겨우 저거라니!

나는 황당했지만 티를 내지 않고 자리에서 일어섰다. 그리고는 예화에게 포권했다.

"그러면 나는 이만 가 보도록 하겠습니다. 아버지 병이 빨리 낫기를 바랄게요."

"음. 잘 가라고 하기도 그렇네요."

"네?"

예화가 밖으로 걸어 나갔다. 그리고 산 밑을 쓱 둘러보더니 말했다.

"강한 살기(殺氣)가 느껴지네요. 얼추 아홉 명 정도……
이 근처를 포위해서 벗어나기가 쉽지 않겠는걸요?"

"……."

나는 급히 감각을 집중해서 바깥을 들여다보았다. 그러
자 확실히 반경 오십 장 이내의 기척이 느껴지면서 예화
의 말대로라는 걸 알 수 있었다. 나는 새삼 예화를 바라보
면서 심장이 철렁 내려앉았다.

'예화의 실력이 나보다 훨씬 위란 말인가?'

나는 예화가 말하기 전에는 알아차리지도 못한 상황이
었다. 예화는 곤란한 듯 말했다.

"저들은 누구인가요? 태오를 쫓는 무림인들은 실력이
대단한 편이군요."

"검성전에서 명성을 얻은 고수들이니까요."

"검성전? 그러면 저들은 혹시 태천맹 사람들인가요?"

나는 고개를 끄덕였다. 그러자 예화는 정말로 곤란한
표정을 지었다.

"전 태천맹과 부딪히기가 싫은데…… 소협의 위기를 못
본 척할 수도 없군요."

"안 도와줘도 됩니다. 도망치는 정도는 쉽게 할 수 있
습니다."

"……"

그녀는 답답하다는 표정이었다. 그리고는 망설이다가 말했다.

"소협. 정인(情人)이 있나요?"

"없는데요."

이 긴급한 상황에 뜬금없이 무슨 질문이란 말인가? 나는 예화가 나를 놀리려 한다고 생각하고 불쾌해졌다. 하지만 영약을 먹게 해 주었으므로 차마 싫은 티는 내지 못하고 바깥에 주의를 집중했다.

"혹시 저를 좋아하시나요?"

"싫어하진 않죠."

나는 생각없이 대답하며 한층 기를 끌어 올렸다.

역시 다들 고수들이다. 아직까지도 숨어 있는 걸 보면 영약을 마침 다 먹었을 때 도착한 게 아니라, 이미 포위해 놓고 내가 나올 때까지 기다리고 있는 것이리라. 필요 이상으로 조심하는 이유는, 아마 시간이 지나면 지날수록 포위망이 완전해지기 때문이겠지.

그때 예화가 내 손을 잡았다. 마치 사슴 같은 눈이었다.

"태오. 어째서 쫓기고 있는지 말해 줄 수 있나요?"

"무당파 사람과 시비가 붙었다가 죽여 버리는 바람에 무당파가 나를 쫓게 되었죠. 무당파는 다시 개방과 태천맹에게 부탁했고."

"죽였다고요? 무당파는 정파인데 함부로 의협(義俠)을 죽인 건가요?"

예화가 연속으로 질문을 하자 짜증이 났다. 하지만 오랜 시간 동안 추격전을 반복하면서 인내심이 엄청나게 길러졌다. 나는 당황하지 않고 느릿하게 예화의 질문에 솔직하게 대답했다.

"나는 내게 시비를 거는 자들 세 사람을 죽였어요. 그 무당파 사람은 함부로 내게 진검 승부를 걸면서 손목을 잘라 가겠다고 협박했죠. 그리고 패색이 짙어지니 비굴해지면서 기습까지 했죠. 내가 그를 죽인 게 정말 잘못한 겁니까?"

잘잘못을 따지자면 언제든 자신이 있다.

"……."

예화는 눈을 감았다. 그리고 잠시 후 눈을 뜨면서 말했다.

"태오. 당신이 한 행동은 무림(武林)에선 틀리지 않았어요. 하지만 그렇게 생각하고 행동하면 호걸(豪傑)은 될 수 있을지언정, 의인(義人)이 될 수 없습니다. 평생 동안 적이 끊이지 않는 삶을 살고 싶은 건가요?"

"아니, 그건……."

"당신을 나무라는 게 아니에요. 무당파 사람을 죽인 것도 사실 대수로운 일은 아닙니다. 하지만…… 당신 스스로를 돌아보세요. 주변에 아군과 적군이 얼마나 있나요?"

"……."

나는 말문이 막혔다. 예화의 말은 내가 생각지도 못한 곳을 찌르고 있었다.

나는 기껏해야 예화가 사람을 죽이면 안 된다(不殺)는 설교를 할 줄 알았다. 하지만 그녀는 도리어 내 주변을 돌아보라고 말하고 있었다. 잠깐 동안 예화의 말대로 지금까지의 무림에서의 행동과 결과를 생각해 보았다.

아군은 점차 줄고 있는데 적은 늘어만 가고 있다.

……그리고 지금은 마침내 혼자뿐이다.

할 말이 없어서 그저 하늘만 쳐다보고 있자 예화가 말을 이었다.

"스스로 당당한 건 좋은 태도입니다. 자신의 행동에 책임을 질 수 있다면 남자다운 일이겠지요. 하지만 사람을 죽이는 일에 대해서 진지하게 고민하지 않는다면, 살육(殺戮)의 나선(螺旋)에 빠지고 맙니다."

"살육의 나선?"

"당신은 무당파 사람을 죽였습니다. 그 사람의 형제나 부모님이 복수를 하고자 당신을 죽이려하는 건 당연한 일이겠죠. 그러면 얌전히 죽어 주실 건가요?"

그건 아니다. 내가 죽인 자들의 친지나 가족을 본다면 양심의 가책에 휩싸이겠지만, 그게 내 목숨을 버리는 이유가 될 순 없다. 나는 어쨌든 살아야 하니까 상대방의 복수를 받아들이지 않을 것이다.

내가 고개를 젓자, 예화가 말했다.

"죽고 죽이는 길에 끝은 없습니다. 누구든 나선에 휘말리면 쉽게 빠져나오지 못해요. 자신을 지킬 힘이 있다고 하더라도, 결국에는 마음이 다치고 맙니다."

"하지만, 억울한 일이 너무 많지 않습니까?"

"죽이기 전에 한 번만 더 생각해 보세요. 그래도 어쩔 수 없으면 죽이면 되는 거죠."

"······!!"

나는 벼락 맞은 듯한 충격에 휩싸였다.

사실 그동안 사람을 죽이면서도 계속 찜찜함에 휩싸였다. 너무 사람을 죽이면서 양심의 가책이 없기도 했고, 무감각해지면서 내가 아닌 혈귀(血鬼)가 마음속에 똬리를 트는 느낌이 들었다. 인간으로서의 기본적인 소양을 잃어버리는 상실감 때문에 어찌할 줄을 몰랐다.

하지만 예화의 말은 상대가 아니라 나 자신을 위해서 살상을 자제해 보라는 것이었다. 나는 불살(不殺)이란 개념을 그렇게 생각해 본 적이 없었기 때문에 신선한 충격이었다. 그동안 보아 왔던 무협소설에서 명확히 설명하지 않은 탓도 있었다.

'그렇구나! 나 자신을 수련하고 통제하기 위해서 살육을 억제하는 거구나!'

억지로 연민의 정을 찾지 않아도, 그렇게 하면 내 이성과 감각을 유지하며 살아갈 수가 있었다. 뜬금없이 찾아온 감동 때문에 기분이 울컥하는 느낌이 들어서 눈물이 흘렀다. 이렇게 간단한 걸 모르고 있었다고 생각하니 억울한 생각도 들었다.

"사실 증조할아버지 때부터 저희 가문에 전해 오는 말이지만요."

예화가 말했다.

"마음을 쌓아 올리면 일천 마리의 학이 된다고들 하죠. 언젠가 당신의 마음도 하늘에 닿일 날이 올 겁니다."

"정말 그럴 수 있을까요?"

"진정으로 자기만을 위해서 살아간다면 그렇게 되겠지요. 저도 당신을 좋아해요."

나는 예화의 말을 이해하고 납득했다. 내가 예화의 말을 되새기고 있을 때 그녀가 말했다.

"태오. 이 지륜(指輪)을 받아 줄 수 있겠어요?"

"뭡니까?"

"저희 가문의 보물이에요. 당신이 보관해 줬으면 좋겠네요."

"흠."

예화는 그 말을 하면서 갑자기 얼굴을 붉혔다. 나는 그녀가 왜 그러는지 의아했지만 일단 받아 들었다. 그녀가 검지손가락에 지륜을 끼고 있길래, 마찬가지로 내 검지에 끼웠다. 예화는 내가 망설임 없이 끼는 걸 보고 놀라더니, 갑자기 내 손을 꼭 잡았다.

"태오. 당신도 나와 같은 마음이라니 기뻐요!"

계속 활기차게 웃던 그녀의 눈가에 약간 물기가 맺혀 있었다.

"응? 마음이라……."

나는 잠시 생각하다가 그녀가 내가 가르쳐 준 걸 생각했다. 확실히 소중한 가르침인지라, 나는 다시 한 번 마음 속으로 그녀에게 감사하면서 고개를 끄덕였다. 그녀는 갑자기 방긋 웃더니 내 양손을 마주 잡았다.

"잘 부탁드려요!"

……?

뭔가 느낌이 이상했다. 하지만 지금 언제 태천맹의 고수들이 덮쳐 올지 몰라서 급박했기에 더 이상은 생각하지 못하고 그녀와 함께 오두막을 나섰다. 그녀가 나보다 키가 약간 커서 옆에서 그녀의 얼굴을 볼 수가 있었다.

다시 봐도 아름다운 얼굴이긴 했다. 마치 조형처럼 박아 놓은 듯한 선명한 이목구비에, 서늘한 눈매는 마치 그림을 그대로 옮긴 듯했다. 다만 내 감상은 거기까지였고, 뛰어가면서 별다른 생각이 모두 사라졌다.

그때라도 뭔가 항의를 했으면 달라졌을지도 모르지만, 적어도 이때까지는 별일 없다고 착각하고 있었던 것이다.

9.
검성지륜(劍聖指輪)

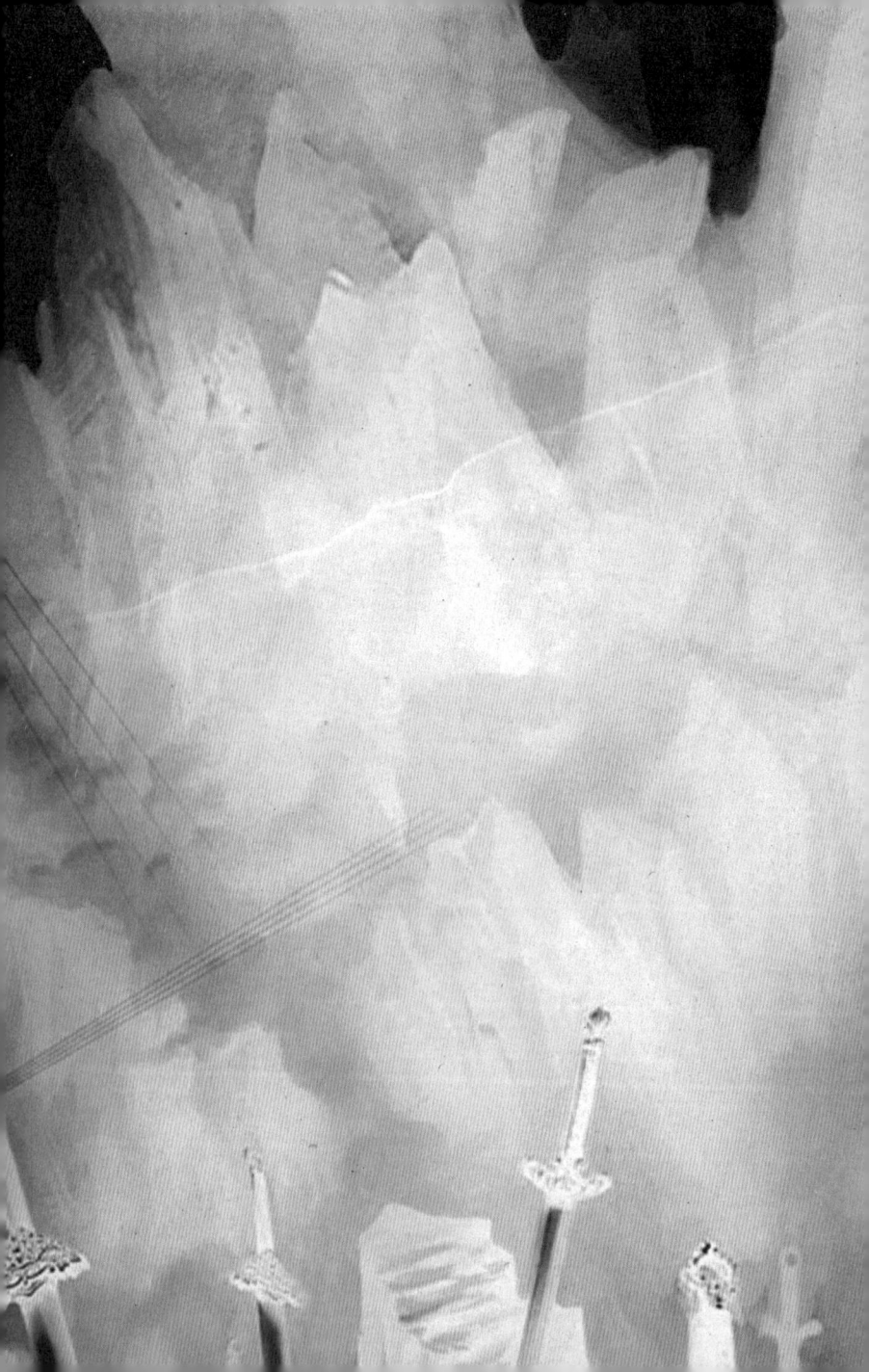

잠시 후 숲 아래쪽에 도착하자, 기다렸다는 듯 예닐곱 명의 흑의인들이 앞을 가로막았다. 그들은 한마디 말도 없이 매섭게 나를 노려보고 있었는데, 개중에는 어이가 없다는 듯 머리를 감싸 쥐는 자도 있었다.

　"맙소사! 저런 어린아이가 살행(殺行)을 저지르다니……."

　나는 그들이 발출하는 무형의 압력에 몸이 눌리는 기분이 들었다. 아마 만년보련의 뿌리를 섭취하기 전이었다면 이미 기가 죽어서 땅만 쳐다보고 있었을 것이다. 하지만 지금은 그들의 살의를 유연하게 받아 낼 정도로 여유가 있었다.

나는 더 이상 짓눌리기가 싫어서 입을 열었다.

"태천맹 사람들입니까?"

"그렇다. 태오."

중후한 목소리와 함께 앞으로 나선 것은 일전에 내게 썩 나오라고 외쳤던 흑영창 임괴였다. 스스로 지룡부 소속 서열 사 위의 고수라고 말했던 자였다. 그는 내 눈을 응시하면서 목소리를 깔았다.

"다시 소개하겠네. 자네를 잡아서 태천맹의 파사전(破邪殿)으로 압송하기 위해 파견된, 태천맹 지룡부(地龍部)의 흑영창 임괴일세. 여기 있는 나머지 분들도 마찬가지로 태천맹에 소속된 지룡부의 고수분들일세."

"……."

나는 대답하지 않고 이를 앙다물었다.

'차원이 달라.'

솔직히 말하자면 청성파의 장로인 현기자와 마주쳤을 때도 그럭저럭 상대할 만하다는 생각이 들었다. 동시에 천하의 구파일방 장로도 별거 아니라는 생각이 들었다. 하지만 현기자는 어디까지나 대외적인 활동을 주로 해서 본신의 무공이 약한 장로였고, 눈앞에 있는 지룡부 고수들이 진짜배기 [장로급(長老級)] 고수들이라고 할 수 있는 것이다.

강호 전체를 통틀어서 천상계에 접어든 자들!

영약을 먹지 않았다면 일대일로 이길 만한 사람이 한 명도 없었다. 귀검을 쓰러뜨렸을 때처럼 몰아(沒我) 상태로 되돌아간다면 혹시 모르겠지만, 그건 의도해서 나오는 상태가 아니었다. 지금 내공이 몇 배나 상승한 상태에서도 그들 중에서 셋도 감당할 자신이 없었다.

임괴 곁에 서 있던 어떤 미모의 여고수(女高手)가 말했다.

"태오. 정황상 네가 했던 행동은 무림에서는 정당방위로 인정된다. 허나 상황을 보았을 때 너와 강운표의 실력 차는 명백했다. 인정을 남기지 않고 도륙한 것은 네 의지였다고 볼 수밖에 없다."

"당신은 누구십니까?"

지룡전급 고수면 틀림없이 강호에서 이름을 날리는 절정고수(絕頂高手)다. 그래서 나는 함부로 까불락거리지 않고 조심스럽게 명호를 물었다. 그러자 삼십대 초반의 그 여고수는 잠시 눈썹을 꿈틀거리더니 대답했다.

"나는 검각(劍閣)의 소현(昭賢) 검주(劍主)다."

나는 검각이라는 단체가 어떤 곳인지 성구몽 장로에게 들어서 알고 있다. 검의 재능에 있어서 천재 중의 천재만 뽑아 간 후, 거기서 다시 경쟁을 시킨 후 최후에 남은 자들에게 하나씩 명검을 지급하고 검주의 칭호를 주는 문파였다. 철저한 소수 정예인 만큼 검각의 고수들은 강호인들에게 공포의 대상이었다.

"우리가 이렇게 모인 것은 네가 벌인 살인 자체를 추궁하려는 게 아니다. 네 성정이 제어할 수 없고 폭급하다고 생각하기 때문에 무고한 자를 해치기 전에 가둬 두려는 것이다."

나는 긍정도 부정도 하지 않았다. 예화가 나를 깨우쳐 주기 전에는, 나는 확실히 살의가 동하는 순간 쉽사리 사람을 죽일 수 있는 존재였다.

"날 잡으면 단전을 폐할 생각이오?"

"극단적으로 생각하는군. 그럴 가능성이 높긴 하다."

이대로 이야기해 봤자 예전에 복의개와 했던 대화의 연장이 될 뿐이다. 나는 한숨을 한 번 쉰 후, 말했다.

"앞으로는 살생을 자제하겠습니다. 이건 그대들에게 잡힐 것을 두려워해서 하는 말이 아니라, 내가 자신에게 약속한 다짐이오."

"무슨 말이지?"

말뜻을 잘 이해하지 못한 흑영창 임괴가 인상을 찌푸렸다. 나는 차갑게 설명해 주었다.

"당신들에게 잡히든 아니든, 가능하면 불살(不殺)을 견

지하겠다는 말이오. 물론 그렇다고 이 자리에서 잡혀가
주진 않겠지만."

"흥! 그런 말을 누가 믿느냐?"

소현 검주가 코웃음을 치며 자신의 검을 뽑았다. 청아
한 검신이 세상에 모습을 드러내는 순간, 저릿저릿할 정
도로 밀도가 집중된 검기(劍氣)가 감도는 게 느껴졌다.
내가 보기에 그녀의 검기(劍技)는 결코 나에 못지않았다.

스르릉.

그걸 시작으로 나를 둘러싼 구 인의 고수가 서서히 무
기를 뽑거나 기수식을 잡았다. 나를 말로 데려가기는 글
렀다고 생각하고 처음 예정대로 무력을 행사하려는 것이
다. 바로 그때, 장내에 서늘한 목소리가 울려 퍼졌다.

"멈 춰 요."

멈칫!

놀라운 일이었다. 구 인의 지룡전 고수는 물론 나까지
도 전투의 분위기에 휘말려서 일촉즉발의 상황이었다. 당
연한 말이지만 기세를 끌어 올리는 상승고수들은 누구도
쉽게 막을 수가 없다. 잠시 후 전투가 시작되는 건 당연시
되고 있었는데, 목소리 한 마디에 다들 심령(心靈)을 제
압당해 버린 것이다.

그러나 다들 뛰어난 고수였기에 잠시 후 제압된 마음을

풀어 버리고 몸을 다잡았다. 목소리의 주인은 예화였다. 그녀는 방금까지와 달리 싸늘한 표정으로 좌중을 응시하고 있었는데, 마치 얼음장이 쳐져 있는 듯했다.

흑영창 임괴가 곤란한 듯 자신의 창끝을 땅으로 내리며 말했다.

"그러고 보니 한 사람이 더 있었군. 그대는 누구요?"

"나는 이 자리에서 싸우는 걸 허용하지 않겠어요. 그러니 모두들 물러가세요."

"큭!"

임괴의 말에는 대답하지 않고 예화가 말을 이었다. 그러자 도리어 질문했던 임괴가 압박감을 받은 듯, 비틀거리며 한 걸음을 물러섰다.

"아니?"

놀라운 일이었다. 방금은 말만으로 임괴를 제압한 게 아니다. 예화의 전신에 마치 한 자루의 칼날처럼 벼려져 있는 기운이 임괴의 투기(鬪氣)를 짓눌러 버린 것이다. 장내의 고수들은 다들 그 사실을 눈치채고 숨을 죽였다. 임괴보다 확실히 예화가 강하다는 증거였기 때문이다.

"나이답지 않게 대단한 무공이군."

임괴는 자신이 새파랗게 어린 여자에게 밀린 게 수치스러운지 얼굴을 붉혔다. 하지만 이내 평정을 되찾고 차분하게 말했다.

"그럴 만한 명분이 있다면 물러날 것이오, 소저. 그전에, 그대가 누구인지 밝혀 주셨으면 하오."

"그렇군요. 태천맹은 여전히 명분이 중요한 단체군요."

한심하다는 듯 중얼거린 예화는 자신의 왼쪽 손을 올렸다. 그리고는 끼고 있는 지륜을 태양빛에 비추며 사람들에게 당당하게 말했다.

"나는 검성(劍聖)의 후예, 예화입니다. 믿지 못하겠다면, 이 검성지륜(劍聖指輪)으로 그 사실을 증명하겠습니다."

"거, 검성지륜?!"

장내에 있던 자들이 모두 동요했다. 나는 그들이 겨우 반지 하나에 어째서 사신(死神)이라도 보는 듯이 놀라는지 알 수 없어서 멍한 표정을 지었다. 그들 정도의 고수라면 설령 성구몽 장로나 태월하 장로가 와도 별로 놀라지 않을 것이다.

'저 반지가 뭐길래 그러지?'

특히 아까 자신을 검각 검주라고 밝힌 소현의 놀라움은 더욱 커 보였다. 그녀는 검성지륜이란 말을 듣자마자 경악과 환희에 휩싸인 표정을 짓고 있었다. 그녀도 얼음장 미녀류로 보였는데 한순간에 감정의 평정이 흐트러진 것이다.

흑영창 임괴는 갈피를 잡을 수 없는지 계속 말을 망설였다. 그녀가 검성의 후예라는 말이 그럴듯하게 생각된 모양이었다. 그러더니 한참 후에 겨우 입을 열었다.

"……검성지륜에는 무적검(無敵劍) 만승천검결(萬乘天劍決)의 힘이 봉인되어 있다고 들었소. 의심해서 미안하지만, 그걸 우리에게 견식시켜 줄 수 있다면 소저의 말을 의심 없이 믿도록 하겠소."

"좋아요. 어려운 일이 아니군요."

예화는 고개를 끄덕인 후 고개를 돌렸다. 등 뒤에는 만장단애라고 불릴 만한 절벽이 거대한 위용을 뽐내고 있었다. 예화는 손가락에 끼고 있는 지륜을 절벽으로 겨누더니, 전신에서 내공을 끌어 올렸다.

화르륵!

예화의 전신이 순간이지만 백색의 광염으로 타오르는 듯했다. 전신에 둘러싸인 기가 철저하게 제어된 밀도로 나타나기 때문에 생기는 현상이다. 그녀가 보유한 엄청난 내공을 증명하기 때문에 좌중에 있던 모두가 침을 꿀꺽 삼켰다.

파밧!

잠시 후, 무언가 엄청나게 거대한 빛(光)이 번개처럼

스치고 지나갔다. 번개라고 표현한 건, 말 그대로 동체 시력으로는 그 빠르기와 거대함을 표현할 길이 없었기 때문이다. 다들 멍하니 서 있을 때 변화가 일어났다.

쫘악, 하면서 절벽에 금이 갔다. 금이라고 보기엔 한 치의 오차도 없는 직선(直線)이 점차 길게 그어졌다. 잠시 후 사정없이 길이를 늘리던 직선은 이윽고 거대한 만장단애를 횡(橫)으로 쭈욱 갈랐다.

투캉!

잠시 후 마치 유리의 단면처럼 거대한 절벽이 잘려서 기울어지기 시작했다. 틀림없이 잠시 후에 천재지변이 일어난다는 사실을 예감한 모두는 경악 때문에 말도 하지 못했다.

"서, 설마……."

소현 검주는 입술을 달싹였다.

"절벽을…… 베다니? 저게…… 검성의 무적검!"

"어쩌시겠어요?"

예화는 짓궂게 말하면서 뒤편의 절벽에 손을 갖다대었다. 그걸 신호로, 조금씩 미끌어지던 절벽은 약속이라도 한 것처럼 빠르게 허물어졌다.

쿠콰콰콰콰쾅!!

귀를 찢는 듯한 충격음이 먼저 울리고, 잠시 후에는 눈앞이 거의 보이지 않을 정도의 흙먼지가 흩날렸다. 그도 그럴 것이 절벽 하나가 통째로 두 동강 난 것이다! 그 어마어마한 질량이 지상에 부딪히고 있으니 말 그대로 천재지변이었다.

폭음과 먼지바람이 한 차례 스치고 지나가자, 장내가 고요해졌다. 먼지바람이 잠시 잦아들자, 좌중의 고수들은 먼지를 털어 내며 그 자리에 서 있었다. 워낙 정확하게 베인지라 그들이 서 있는 쪽으로는 바위가 하나도 떨어지지 않은 탓이었다.

"⋯⋯."

흑영창 임괴는 한숨을 쉬었다.

"후우— 예화 소저께서 검성의 진전을 이어받은 후예라는 사실을 인정하겠소이다. 전설이라고만 생각했는데 설마 진짜로 존재하고 있었을 줄은⋯⋯."

"그럼 그대들은 나를 보내 줄 생각인 건가요?"

그는 힘차게 고개를 끄덕였다.

"물론이오. 태천맹의 초대맹주이자, 무림의 영웅이셨던 검성의 후예시잖소? 당장에라도 가르침을 청하고 싶지만, 임무가 바빠서 그럴 수 없음이 한이구려."

"다행이군요. 무림은 아직 검성을 잊지 않았군요."

예화는 살포시 웃었다. 그러더니 내 앞을 가로막더니

말을 이었다.

"하지만 전 이 자리에서 태오를 공격하는 것도 허용할 수 없습니다."

"아, 아니?"

흑영창 임괴는 목 졸린 오리 같은 목소리를 냈다. 그러나 지룡부 고수들 중 아무도 그를 비웃거나 탓하지 않았다. 모두가 임괴와 같은 마음으로 예화를 황당한 듯 보고 있었기 때문이다. 그들 입장에서는 검성의 후예가 나같은 행실무도한 망나니를 감싸는 걸 이상하게 생각하리라.

임괴가 헛기침을 하더니 말했다. 일이 뜻대로 돌아가지 않자 안색이 일그러져 있었다.

"흠. 예화 소저. 말했듯이 그자는 심성이 악독하고 살상을 저지른 자요. 태천맹의 뜻에 따라 교화시켜야 하니, 그를 우리에게 넘겨주셨으면 하오."

"넘기다니요? 태오가 물건인가요?"

"아, 아니 그런 건 아니지만……."

"잘 들어요."

이어진 말에 지룡부 고수들은 물론, 흥미롭게 상황을 지켜보고 있던 나까지도 비명을 질렀다.

"태오는 제 지아비입니다. 저희 일족을 건드릴 수는 없습니다."

"뭐라고?!"

이게 무슨 말이지?!

지아비라는 건 결혼을 해서, 가정을 꾸린 사내를 말하는 거 아닌가? 분명히 태오라고 불렀는데, 어째서 내가 지아비가 되어 있는 거지? 내가 누구와 결혼한 적이 있기라도 한 건가? 나는 머릿속에 맴돌고 있는 엄청난 상념 때문에 머리가 터질 것 같았다.

그러니까…… 언제 내가 그녀와 결혼을 했다는 건가?

머리가 혼란스럽다. 내가 뭔가 말하려고 손을 뻗었을 때 예화가 도리어 내 손을 꽉 잡으며 말했다.

"태오와 저는, 저희 가문에 전해지는 검성지륜을 나눔으로써 부부의 맹세를 했습니다. 제 지아비인 태오를 공격하고 싶으시면, 태천맹의 이념에 걸려 있는 검성의 명예를 무시하십시오."

"……그, 그럴 수 있을 리가 없잖소?"

검성의 명예를 들먹이자, 흑영창 임괴가 하늘을 쳐다보며 한탄했다.

"강호에서 검을 잡은 무사의 삼 할은 검성(劍聖)의 전설을 동경하고 있을 것이오. 태천맹에 속한 모든 무사가 검성을 존경하오."

"그렇다면 오늘 그대들이 해야 할 일은 정해졌군요."

"……."

"길을 비키세요. 그리고 쫓아오지 마십시오."

예화가 축객령을 내리고는 앞으로 한 걸음을 옮겼다. 임괴가 흠칫했다.

"개방 방도라고 할지라도 우리를 쫓아오는 게 느껴진다면, 절벽처럼 만들어 드리죠."

그러자 태천맹 지룡부의 고수들은 움찔거렸다. 예화가 공격 범위에 들어왔으니 무사의 본능이 공격을 외쳤지만, 이성으로 강하게 통제하고 있기 때문이었다. 게다가 방금 봤던 초월적인 위력의 절기를 생각하자 섣불리 손이 나가지 않으리라.

저벅.

정작 나는 예화를 따라 걸음을 옮기자 전신에서 식은땀이 흘렀다. 아까는 대치 상태라서 몰랐지만, 나와 동급이거나 그 이상의 고수 아홉 명의 검계(劍界)에 맨몸을 들이댄다는 건 마치 맹수의 아가리에 목을 들이미는 기분이었다. 언제 어디서 베여 죽어도 할 말 없을 것 같았다.

'젠장! 살아도 산 기분이 아니군.'

만일에 이들과 구 대 일로 싸웠다면 결과가 어땠을까? 한 명도 동귀어진으로 데려갈 자신이 없었다. 저자들 아홉이 모이면 어지간한 중소문파는 하루만에 멸망시킬 수 있으니 당연한 일인 것이다.

나와 예화가 막 십여 장을 벗어났을 때 등 뒤에서 임괴가 외쳤다.

"예화 소저! 다음에 우리와 마주친다면, 이렇게 쉽게 벗어날 거라고 생각지 마시오!"

많은 뜻이 함축되어 있었다. 임괴를 포함한 지룡부 고수들은 설령 태천맹주를 설득하는 한이 있어도 나를 추적하려 한다는 뜻이기도 했다.

나와 예화는 말도 없이 걸어갔다. 곧 반 시진이 지나며 아무도 없는 소로까지 왔을 때, 예화는 다리에 힘이 풀리는지 주저앉았다.

내가 급히 예화를 부축하자, 그녀는 억지로 웃으며 말했다.

"히, 힘드네요. 저 사람들 하나하나가 상당한 고수라서, 태연한 척하느라 힘들었어요."

"어째서입니까?"

나는 그녀를 부축해서 바위 위에 앉혔다. 그리고는 머릿속에 흐르던 엄청난 의문을 하나하나 풀어 내기 시작했다.

"지륜을 내게 건네줄 때 그런 말은 전혀 없었잖습니까? 지아비라니 들어 본 적도 없다구요!"

"네?"

"게다가 검성지륜이란 건 무슨 말입니까? 검성의 후예는 또 뭐고요?"

"……."

잠시 고개를 갸웃거리던 예화가, 잠시 후 충격 받은 표정을 지었다. 그녀는 눈가에 눈물을 글썽거리다가 고개를 돌리고 침울하게 고개를 숙였다. 보나마나 훌쩍이고 있는지라 나는 할 말을 찾지 못했다.

조금 전까지 그렇게 자신감 있던 예화다. 마치 평범한 여자아이처럼 훌쩍이는 건 상상도 하지 못한 것이다.

"흐…… 흐흑…… 저 혼자 착각했던…… 건가요……."

의외다. 나는 적지 않게 당황했다.

"그, 그러니까 무슨……."

"전…… 지륜을 태오 당신에게 건네줄 때, 당신을 좋아한다고 고백했어요."

"……."

그, 그러고 보니 그런 말을 들었었다.

하지만 그건 사람 대 사람으로 좋아한다는 뜻인 줄 알고 별 생각 없이 넘겼는데, 설마 그 분위기에서 고백을 해올 거라고 대체 누가 생각하겠는가? 생각해 보니 그 순간의 예화의 표정도 사실상 수상쩍기 짝이 없는 것이었다.

'얼굴을 붉혔을 때 알아봤어야 하는 거였는데…….'

답답한 기분이 들었다.

"그대는 나를 싫어하는군요……. 나 자신이 부끄러워요. 흑……."

예화는 아까 이야기를 할 때 서로 진심을 나누고 있다고 생각했고, 분위기를 타서 조심스럽게 내게 고백한 것이다. 하지만 나는 예화가 전해 준 깨달음에 취해서 무심코 넘겼고, 지륜을 보관해 달라는 행동이 무엇인지도 눈치채지 못한 채 받아 든 것이다. 그저 귀중한 물건을 지켜달라는 뜻이라고 생각한 것이다.

"진정해요."

나는 우는 여자를 본 적이 없어서 이럴 경우 어떻게 해야 할지 알 수가 없었다. 그저 예화가 이렇게 당황해서 우는 게 안쓰럽게 느껴져서 조심스럽게 안아 주었다. 예화의 어깨는 생각보다 좁아서, 또래에 비해서 체격이 큰 편인 내가 감싸안자 한 팔에 들어왔다.

훌쩍거림이 약간 멎었을 때, 나는 천천히 말했다.

"난 아직 예화 당신에 대해서 완전히 알지 못해요. 당신도 그러할 텐데, 어째서 나를 좋아하게 된 건가요?"

"전…… 그냥…… 당신의 당당한 모습이 좋았어요."

그녀는 우는 모습을 보여 주기가 싫은지 고개를 돌렸

다. 그리고는 상처받은 목소리로 내 말에 대답했다.

"사람이 사람을 좋아하는데 거창한 이유가 필요한가요? 전 당신이 어떤 사람이든 제 지아비가 되어서, 저를 사랑해 주었으면 했어요……."

"……."

예화의 말이 비수가 되어서 가슴에 꽂혔다. 뭔가 하고 싶은 말은 많지만, 도리어 서로에 대해서 너무 모르는 게 많으니까 아무 말도 할 수 없었다. 어설픈 말을 하다가는 서로에게 돌이킬 수 없는 상처를 주리라는 사실을 직감적으로 깨달았기 때문이다.

모르겠다.

하지만 남녀 관계와 감정에 대해서 나는 모르는 게 너무 많다. 지금 내 감정이 어떤지도 갈피를 잡을 수 없는 상황에서, 그녀의 마음을 받아들이는 게 어떤 의미인지 생각하는 것만 해도 머리가 터질 것 같았다.

나는 잠시 후 한숨을 쉬며 말했다.

"그럼…… 이제 날 어쩌려고요?"

"어쩌긴요?"

눈앞의 아름다운 여자아이, 예화도 덩달아 한숨을 쉬었다.

"그대는 이제 나의 낭군이고, 나는 당신의 아내지요."

"……."

나, 태오 십오 세의 여름 한낮.

처음으로 강호행(江湖行)을 하면서 마주친 이 상황에 어찌해야 할지 모르고 탄식했다.

대체 어쩌다 이런 상황이 되었을까.

대체 어쩌다가!

"저희 가문에서 지룐으로 언약을 맺은 사이면 결코 물릴 수 없어요. 전 몸과 마음을 당신과 함께하겠다는 의미였으니까요."

"그런가……."

대충 납득은 할 수 있었다. 단일로 전해지는 가문일수록 가법(家法)에 충실한 법이었고, 하물며 예화 같은 여자가 내게 지룐을 건네줄 때의 심정은 익히 알 수 있었다. 말 그대로 평생의 반려를 찾았다고 생각할 것이다.

하지만 결혼에 지아비라니. 지금 무협소설만 읽으면서 농부의 아들로 자라 온 나에게는 너무 숨 막히게 현실적인 주제라서 나도 어떻게 대응해야 할지를 알 수 없었다. 내가 망설이고 있을 때 예화가 서글프게 웃으며 자리에서 일어섰다.

"괜찮아요. 당신이 싫다면 저는 떠날게요……."

무슨?!

나는 곧장 떠나려고 하는 예화의 어깨를 붙잡았다.

"무슨 말이에요?"

상황도 정리 안 되었는데 뜬금없이 도망치려는 예화의 행동이 이해가 되지 않았기 때문이다. 예화는 내 손을 떨쳐 내려고 했지만 나는 힘을 주어서 그녀를 붙잡았다.

"설명을 해 줘요!"

"무슨 설명요?"

"지륜에 언약을 거치면 결코 지아비로 정한 걸 바꿀 수 없다고 말했잖소! 그런데 지금 떠난다는 게 이해가 되지 않는다고!"

"상관 말아요."

예화의 말은 아까와 달리 풀 죽어 있고 쌀쌀맞았다.

"물릴 수 없어도, 전 평생 혼자 살 수 있으니까요."

"……!!"

"어차피 오라버니께서 가문을 이을 테니 상관없는 문제예요. 당신이 싫다면 저는 떠날 뿐이에요."

"말이 안 되잖아!"

나는 답답해서 소리를 지르고 말았다. 차라리 목숨 걸고 싸우는 게 낫지, 지금 대화하고 있는 상황이 너무 짜증이 나서 참을 수가 없었다. 그녀가 갑자기 알 수 없는 고집을 부리는 걸 느꼈기 때문이다.

"난 아직 당신을 잘 모르고, 당신도 나를 잘 몰라! 이 상황에서 결혼 지륜만 나눠 놓고, 비극의 여주인공처럼 도망치면 전부라는 거야?!"

"그럼요?"

예화가 원망스러운 눈으로 나를 흘겨보았다.

"당신은 조금 전에 나와 결혼의 지륜을 나눈 사실을 부정하고 두려워했어요. 당신이 진심이 아니라면, 제가 아내로 당신과 평생을 살 수 있을 거라고 생각하시나요?"

나는 약간 망설이다가 대답했다.

"그건…… 몰라."

"그러면 내 행동에 참견하지 말아요."

그녀는 다시 쌀쌀맞게 대답하고는 떠나려고 했다. 나는 머릿속에 피로가 미친 듯이 몰려오는 걸 느꼈지만, 억지로 참아 내었다. 그리고는 다시 한 번 그녀를 붙잡았다.

"난 당신의 배경 덕분에 살아남았다고 생각하고 싶지도 않고, 당신의 배경을 이용할 생각도 없어! 하지만 적어도 그렇게 사람들이 생각하는 건 싫어. 그렇다면 적어도 당신이 한 일에 책임을 지라고 말하고 싶어."

"책임이요?"

"그래. 좀 더 정확하게 서로를 알아가야 할 책임."

나는 그렇게 말하고는 예화를 뚫어져라 바라보았다.

"솔직히 말하자면 난 아직 당신을 좋아하는지 아닌지 잘 모르겠어. 만난 지 얼마 되었다고 그걸 벌써 결정하라는 거야?! 하고 싶은 말만 해 놓고 떠나는 건, 너무 무책임하다고 생각하지 않나?"

내 말에 예화는 움찔하며 기가 죽은 기색이었다. 아마 정곡을 찔렸기 때문이리라.

"무슨 말이 하고 싶은 거죠?"

나는 마음을 담아서 외쳤다.

"적어도…… 내가 예화 당신을 좋아하는지 싫어하는지 판단할 수 있을 때까지는 같이 다녔으면 해!"

"……."

그녀는 내 말에 멍한 기색이었다. 잠시 후 그녀는 어쩔 수 없다는 미소를 지었는데, 왠지 슬프게 느껴졌다.

"당신, 밉네요…… 끝까지 제가 원하는 대답 대신, 애매한 대답만을……."

"알 게 뭐야?"

나는 퉁명스럽게 되받아쳤다.

"제 멋대로 도망치려고 하지 마. 현실은 그런 게 아니니까."

잠시 후에 서로의 상황과 감정이 정리되었다. 나와 예화는 더 이상 지룡부가 쫓아오지 않는다는 걸 납득한 후,

개울가에 앉아서 말도 하지 않고 앉아서 쉬었다. 잠시 자신의 지륜을 들여다보던 예화가 말했다.

"태오. 당신은 특이하게도 무림인인데도 검성을 모르는 군요……."

"검성 대신에 검성전은 잘 알아. 천하제일 무술대회 같은 거던데."

나는 어느덧 그녀에게 경어 대신에 반말을 쓰고 있었다. 하지만 서로 거리낌이 없었다. 한 차례 다투면서 서로에게 있던 마음의 벽이 한 차례 허물어졌다는 느낌이었기 때문이다.

"검성전은 검성을 기리기 위해서 만들어진 대회죠."

그녀는 아련한 표정을 지으며 하늘을 쳐다보았다.

"검성은 제 증조할아버지세요. 증조할아버지께선 혼란스러운 무림에 출도하셔서, 검 하나로 모든 사마(邪魔)를 물리치고 무림에 질서를 만들어 내셨어요. 그게 바로 초기의 태천맹(太天盟)이죠. 그 당시에는 구파일방의 힘이 약했고 사파 거두들의 힘이 너무 강해서 단체를 만들지 않으면 대항할 방법이 없었어요."

"그렇군."

"검성이 태천맹을 만들어서 이십여 년 동안 사마외도의 무리들과 싸우자, 무림에는 살인귀나 마왕(魔王)이라고 불리는 자들이 빠르게 사라졌어요. 원래 관군을 동원해서 무림을 멸망시키려던 황제도 검성의 활약 덕에 노화를 누그러뜨려서, 결과적으로 무림이 생존할 수 있었죠."

이야기만 듣고 보면 아까 지룡부 고수들이 보인 반응이 이해가 된다. 백여 년 전에 지옥이나 다름없던 무림의 정의를 바로 세우고 무림을 회생시키기까지 한 영웅이다. 검성의 후예라고 한다면 어떤 무사라고 해도 한 수 접어줄 수밖에 없는 것이다.

"진짜 문제는 무림이 안정기로 접어들 때 나타나고 말았죠."

"무슨?"

예화는 진지한 표정을 지었다.

"전쟁(戰爭)이에요."

10.
제국(帝國)

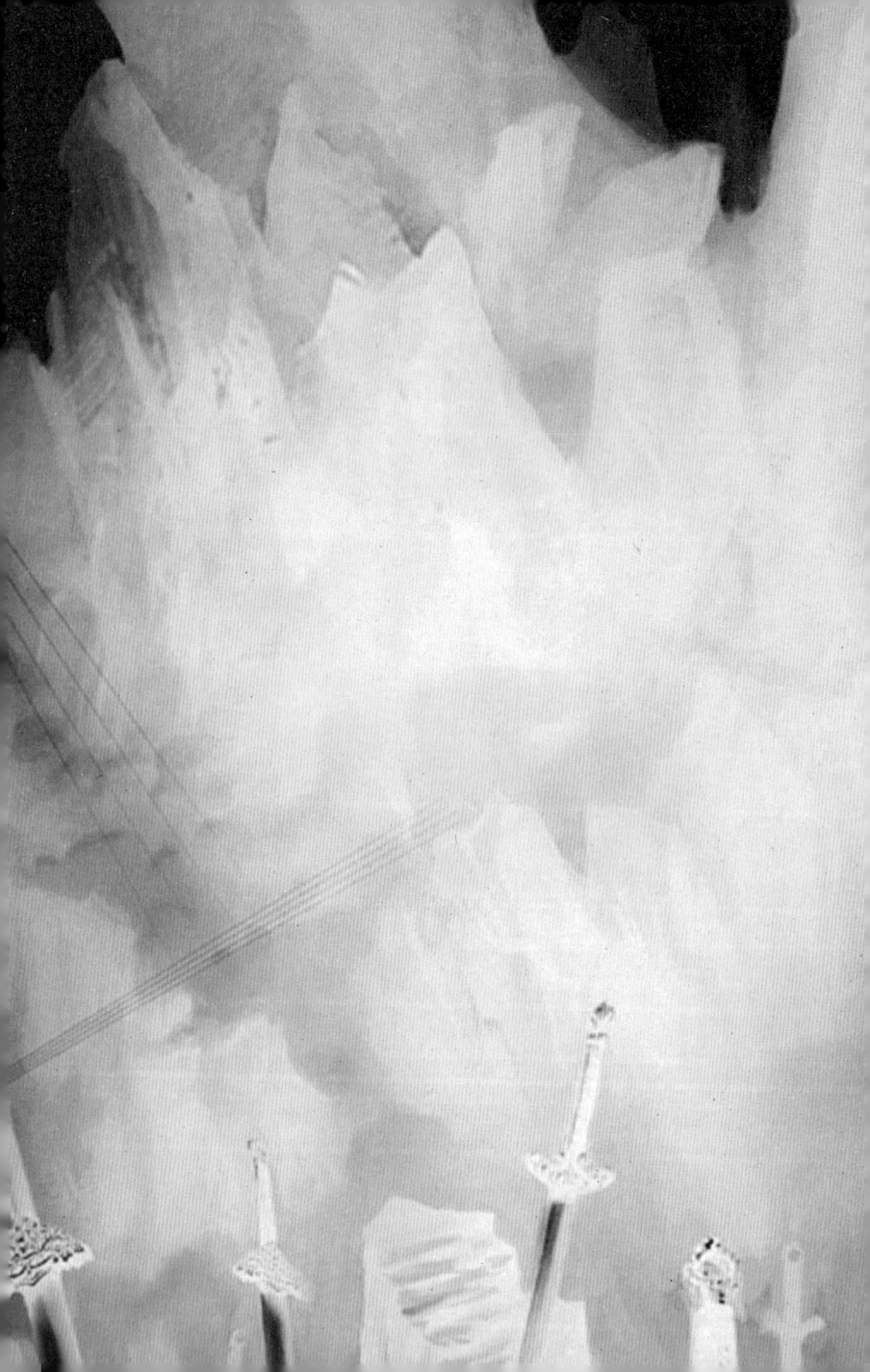

따사로운 햇빛이 내려쬐는 오후.

푸르르르.

황도(皇都)는 오늘도 평화로웠다. 말의 갈기를 커다란 솔로 쓸고 있던 문사(文士)는 정성스럽게 말의 목덜미를 쓰다듬었다. 문사가 말을 키우는 일은 좀처럼 없지만, 이 사람은 마치 자식처럼 정성스럽게 돌보면서 노래를 흥얼 거리고 있었다.

"어이쿠, 이 녀석…… 그건 여물이 아니지! 쓸데없는 걸 먹지 말거라."

그는 옆에서 귀리를 한 움큼 쥐어서 말의 여물통에 넣

어 주었다. 말은 이내 신이 나서 맛있게 점심을 먹기 시작
했다. 흡족한 눈으로 말을 바라보던 문사가 입을 열었다.

"이 녀석 귀엽지 않은가? 나는 요즘 이 녀석 돌보는 재
미로 살아간다네."

"명마(名馬)로군요."

"허허허! 이름은 태광(颱光)이라고 지었네."

너털웃음을 터뜨린 문사는 등 뒤에 있던 존재를 이미
눈치채고 있었던 모양이다. 전신을 새하얀 백의로 감싸고,
오직 허리에 차고 있는 검(劍)만이 사람의 눈을 빨아들인
다고 느낄 정도로 검은색이었다.

백의의 사내는 망설이다가 말했다.

"어르신. 죄송합니다만 나서 주실 일이 생겼습니다."

"호오 그래? 몇 급인가?"

"특급(特級)입니다. 어르신께서 원하시는 모든 종류의
지원이 성주(城主) 재량하에 동원됩니다. 최대 오만(五
萬)의 관군을 움직이실 수 있습니다."

"흠."

문사는 오종종한 눈을 좍 찢었다. 그는 특급이란 말을
들었을 때부터 표정이 안 좋았는데, 오만 대군이라는 언
급이 나오자 더욱 불쾌해 했다. 그는 말을 쓰다듬는 일을
멈추고는 백의의 사내를 확하고 돌아봤다.

"설마 그자를 상대하는 거냐?"

"누구를 말씀하시는 건지…….."

"시치미 떼지 마라. 내 형제를 살해하고 황상 폐하께 죽음의 공포를 안겨 줬던 그놈을……!!"

빠직!

그 순간, 백의 사내는 휘청거리고 말았다. 그는 금의위의 정예들을 이끄는 천급 요원으로서 강호의 초절정고수와 겨뤄도 크게 밀리지 않았다. 그러나 눈앞의 늙은 문사가 가볍게 기운을 뿜어낸 기세를 견디지 못하고 안색이 하얗게 질린 것이다.

하지만 백의 사내는 자신의 무공에 회의감을 느끼지는 않았다. 눈앞의 문사야말로 제국에서 가장 두렵고 강력한 존재 중 하나이다. 이미 초인(超人)의 경지에 이르러 있는 자에게 질투나 회의감을 느끼는 쪽이 바보인 것이다.

"내게 오만 대군까지 동원할 권한을 주다니, 놈밖에 생각할 수 없다!"

문사가 버럭 외치자, 그가 조심스럽게 대답했다.

"……맞습니다, 흑황령(黑皇靈) 어르신."

"크으으…… 오래된 상처가 쑤셔 오는군……."

흑황령의 눈이 검붉게 물들었다. 조금 전까지 활기차게 여물을 먹던 태광이라는 말은 움찔거리며 기가 죽었고,

그의 살기를 정면에서 받는 천급 요원은 벌벌 떨었다. 자신이 기운을 너무 강하게 발출한 걸 깨달은 흑황령이 기운을 갈무리하자 겨우 천급 요원이 입을 열었다.

"삼왕야께서 아직 야망을 포기하지 못하신 듯, 저희의 이목을 속이다가 어떤 강호의 무뢰배에게 편지를 맡겼습니다. 무뢰배의 목적지가 천산인 것으로 보아서는 아마도 남룡제(南龍帝)를 찾아가는 게 틀림없다고 예측하고 있습니다."

흑황령은 코웃음을 쳤다.

"흥! 삼왕야는 능력도 없는 주제에 황위만 노리는 찌질이지. 놈이 이제 와서 남룡제와 손을 잡는다고 한들 할 수 있는 일은 아무것도 없다. 정무의 난 때와는 사정이 다르지."

"어, 어르신 말씀을 낮추십시오."

금의위 천급 요원이 화들짝 놀라서 주변을 돌아보았다. 세상에 황제를 섬기는 신하가 거침없이 황족을 비난할 수 있다니! 그는 주변에 아무도 없는 걸 확인하고 안도의 한숨을 쉬었다.

'하긴, 삼황령(三皇靈) 분들은 선대 황제께서 젊으셨던 시절부터 보좌하고 계셨지. 권력도 없는 삼왕야 따위는 존중할 필요도 느끼지 못할 것이다.'

심지어 선대 황제조차도 형제처럼 대우해 줬던 게 삼황
령이다. 태어날 때부터 모든 과정을 지켜봤던 삼왕야는
애송이처럼 느끼는 게 당연했다.

"뭐 됐다. 그럼 내가 천산으로 향하는 그 무뢰배를 잡
아서 죽이면 되는 것이냐?"

"그것 뿐이라면 어르신께 부탁드릴 염치가 없습니다.
저희들도 남룡제가 천산에 은둔하고 있다고 추측하고 있
지만, 그동안 토벌할 엄두가 나지 않아서 내버려 두고 있
었습니다."

"말이 길다."

"죄송합니다. 단적으로 말해서 남룡제를 이번 기회에
없애 버리려 하는데 도와주십시오."

흑황령의 볼살이 푸들 떨렸다. 광대뼈가 튀어나오고 오
종종한 외모였는데 볼살이 떨리니 더욱 기괴했다. 그러나
천급 요원은 저게 흑황령이 기뻐할 때의 습관적인 표정이
라는 사실을 알고 있었다. 천생적으로 못생긴 외모를 타
고난 흑황령은 의외로 자신의 외양에 신경 쓰지 않았지만,
그의 감정은 의지와 상관없이 얼굴에 드러나곤 했다.

'드디어 기회가……'

그는 속으로 넘치는 기쁨을 주체하지 못했다. 형제를
살해하고 주군을 죽일 뻔한 흉수를 잡아 족칠 수 있다니!

그동안은 금의위 기관이 안정되고 황제를 반석에 올리느라 바빠서 아무것도 하지 못했지만, 이제야 기회가 온 것이다.

저 증오스러운 쌍룡제(雙龍帝)에게!

하지만 흑황령은 되레 낮게 뇌까리며 말했다.

"남룡제는 나보다 한 수 반 정도 경지가 앞선다. 우리 수준이라면 일대일로 뒤집는 게 불가능할 정도로 큰 차이다. 나뿐만이 아니라 백황령(白皇靈)이나 무황령(無皇靈), 둘 중 한 명은 가야만 한다."

복수의 기쁨과 현실은 다르다. 쌍룡제가 삼황령보다 훨씬 강하다는 사실은 수십 년이 흐른 지금도 바뀌지 않았다. 흑황령 혼자서 가면 개죽음이라는 사실을 누구보다도 절실하게 알고 있는 것이다.

"백황령 어른께도 다른 요원이 가서 의사를 타진하고 있습니다. 허나 백황령께서 자리를 비울 경우, 현재 행방이 묘연한 북룡제(北龍帝)가 황제 폐하를 암살하러 올 위험이 있습니다."

"그건 그렇지. 백황령이 아니면 누구도 호위 임무를 수행할 수 없을 것이다."

흑황령은 황제가 암살당할 뻔했던 그날의 기억이 떠오르자 몸을 부르르 떨었다.

"게다가 무황령 어르신께서는……   신룡전(神龍戰)을 심혈을 기울여서 준비하고 계셔서 응하지 않으실지도 모릅니다."

"으음."

흑황령은 불편한 표정을 지었다. 사실 방금 말한 내용은 요원보다 흑황령 본인이 더 잘 알고 있는 사실이다. 상대적으로 무황령의 임무가 편한 편이지만, 신룡전은 현재 황제가 제국의 사활(死活)을 걸고 진행하고 있는 중요한 계획이다. 유능한 황제가 세운 백년대계가 진행되고 있는데 사적인 복수를 위해서 총책임자를 빼내기는 힘들었다.

흑황령이 고민하고 있을 때 천급 요원이 회심의 미소를 지었다.

"걱정 마십시오, 어르신. 어르신을 도울 만한 고수가 사실 수배되어 있습니다."

"누구 말이냐?"

"실례하겠습니다. 전음(傳音)을……."

흑황령은 의아한 표정을 지었다. 어차피 이 근처에 인기척이 없다는 건 흑황령이 늘 확인하고 있었고, 천급 요원도 다시 한 번 확인하고 주변을 경계시켰을 것이다. 그래서 힘들이지 않고 목소리로 대화를 하고 있었는데, 이제 와서 다시 전음을 사용하다니?

'얼마나 대단한 비밀이길래?'

잠시 후 천급 요원의 입이 조그맣게 달싹거렸고, 흑황령은 차분하게 전음을 전해 들었다. 그리고 [도우미]의 면면을 전해 들은 흑황령의 안색이 일변했다. 기쁨과 놀라움이 혼재되어 있는 표정이었다.

"크크크…… 그렇군. 그자들이 도운다면 충분히 남룡제를 죽일 수 있다."

"상황이 여의치 않으면 군병을 동원해서 포위 섬멸할 계획입니다."

"아니, 그럴 것까지도 없겠다. 충분해!!"

흑황령의 눈이 다시금 검붉게 번득였다.

"너도 잘 알아 둬라."

"네."

그의 중얼거림에 천급 요원은 오싹한 기분을 느꼈다.

"조국을 버린 검성(劍聖) 따위는 반역자일 뿐이다!"

                    *   *   *

또다시 꿈을 꾸었다.

양귀비를 안고 자면 이슬에 젖는 법—

아침의 마음을 열 번씩 열 배를 모아, 살아가자.

그렇게 '나'는 죽어 가고 있었다.

[한심스러운 꼴이군. 한때 내가 목표로 했던 자라고 믿을 수 없어.]

누군가가 내 앞에서 거대한 지팡이 같은 검을 들고 있었다. 외모가 잘 보이지 않았지만, 왠지 광대 같은 복장을 하고 있었다. 하늘은 불타고 있었고, 땅과 산이 뒤집어엎어져 세상의 종말이 다가오는 듯한 풍경이었다.

세계가 죽음으로 물들고 있다.

[마음이라고? 그렇게 애매한 게 대체 어디 있다는 거지?]

'나'는 대답이 없었다. 그저 상대의 말이 이어질 뿐이다.

[적멸보궁, 타화자재천, 육십 화엄…… 모든 진리의 성소(聖所)를 찾아 헤맸다. 그러나 결국 절도 없는 환상만 가득할 뿐, 초월(超越)은 어디에도 없었지. 당신은 그런데도 영원(永遠)을 찾아가는가?]

그 말에 '나'는 우묵한 눈을 들어서 대답했다.

그 대답이 무엇인지, 기억나지 않았다.

"……"

이상하군. 요즘 들어서 의미 없는 꿈을 많이 꾸는 느낌이다. 보통 피곤하거나 정신이 없으면 도리어 꿈을 꾸지 않는다고 하는데, 꿈에서 깰 때마다 기분이 좋지 않았다. 부끄러운 약점이나 거울을 들여다보는 듯한 느낌이었다.

"일어났어요?"

"응."

나는 햇빛 사이로 예화의 모습을 보고 쓴웃음을 지었다. 여기는 화전민이 버려 두고 간 폐가(廢家)인데, 천산 근처라서인지 아침부터 한기가 강하게 밀어닥쳤다. 나는 예화와 보름 가까이 같이 다니고 있었는데 그동안에 추격자는 거의 느껴지지 않았다.

심지어 거머리처럼 끈질긴 개방도들도 깔짝거리기만 할 뿐, 지금까지처럼 대놓고 천라지망을 펼치지 않았다. 아마도 예화가 검성의 후예라는 사실이 부담스러워서 함부로 접근하지 못하는 것이리라.

예화는 야채와 버섯을 넣어서 국을 끓이고 있었다. 그녀는 시간이 될 때마다 요리를 해 주고 있었는데, 나는 먹을 때마다 부담감이 느껴졌다. 왠지 계속해서 예화가 초롱초롱한 눈으로 나를 바라보았기 때문이다.

그녀는 따뜻한 국을 가져오면서 방긋 웃었다.

"오늘 내일만 걸어가면 천산(天山)이에요. 저희 아버지도 거기에서 지내고 계세요."

"그 얘긴 전에도 했잖아."

"아하하! 전 그냥 기뻐요. 마침 태오와 목적지가 같다는 게."

무심코, 깔깔 웃는 예화의 얼굴이 예쁘다고 생각했다. 왠지 같이 다니면서 점차 콩깍지가 씌는 느낌을 지울 수가 없었다.

"……."

나는 침묵하다가 다시금 확인하기 위해 물었다.

"그럼 아버지의 명호가 남룡제(南龍帝)는 아니겠지?"

"이전에도 한 번 묻지 않았나요? 아버지는 무공을 익히셨지만 무림에는 나가신 적이 없어요. 그리고 제 고향이 천산인데 근처에서 그런 명호를 가진 무림인은 들은 적이 없어요."

달그락.

젓가락으로 야채를 집어 먹으며 예화는 어딘지 그리워하는 듯한 표정을 지었다.

"그런 말씀은 하셨죠. 황(皇)이니 제(帝)니 하는 명호를 쓰는 자들은 모두 하늘 무서운 줄 모르는 사람이라고. 그래서 거창한 명호를 싫어하시긴 해요."

그럼 정말로 예화의 아버지는 남룡제가 아닌 모양이었다. 나는 따끈한 국을 마시면서 말했다.

"난 천산에 도착하면 혼자 다니려고 해. 말했듯이 태천 맹과 금의위가 나를 쫓고 있고, 나와 다니다가는 당신이 나 가족들까지 휘말릴 테니까."

"그럴 필요가 없나요?"

예화가 고개를 갸웃거렸다.

"전 천산에서 살아왔어요. 천산 일대를 수소문하는 거면 저보다 더 좋은 조력자는 없을 걸요? 서둘러서 그 남룡제라는 무인을 찾은 다음에 떠나시면 되잖아요?"

"……."

예화의 말이 옳았다. 그게 훨씬 시간이 절약된다. 나는 무의식적으로 예화와 같이 다니는 걸 껄끄럽게 여기고 있다는 걸 깨달았다. 예화는 착하고 아름다운 여자이지만, 역시 나는 그녀에게 별다른 감정을 느낄 수가 없다.

무엇보다도 결혼이라고 하는 단어의 중압감이 선뜻 예화를 받아들이지 못하게 했다. 내가 고민을 하고 있을 때 예화가 갑자기 내 얼굴을 가슴에 끌어안았다.

"에잇!"

푹신하고 약간 숨이 막힌다. 크고 뭉클하고 따뜻한 게 피부를 감쌌다. 내가 가만히 있자, 예화는 내 어깨를 토닥이면서 조용히 말했다.

"걱정 말아요. 전 언제나 태오의 도움이 되고 싶으니까요."

"……빨리 가기나 하자구."

"네에~"

나와 예화는 곧 식사를 치우고는 빠른 걸음으로 산길을 걸었다. 걸어가던 중에 나는 문득 꿈 생각이 나서 예화에게 꿈 내용을 말했다.

"그냥 개꿈인 걸까?"

그러자 잠자코 듣고 있던 예화가 바위를 훌쩍 뛰어넘으며 말했다.

"그런 꿈은 수한(壽限)이라고 불러요."

"수한?"

"사람이 죽음을 앞둔 광경은 '꿈이 반대' 라는 해석을 적용할 수 없어요. 그런 꿈은 보통 계시나 예언이라기 보다는, 마음의 풍경인 경우가 많죠."

"마음의 풍경……."

나는 문득 꿈에서 보았던 광경을 생각해 보았다. 바다는 마르고 시꺼먼 태양이 융기했다. 그리고 산맥이 뒤집어지면서 세상 천지에 폭풍우가 몰아쳤다. 당장 세상이 멸망한다고 해도 믿을 것만 같은 상태였는데, 그게 내 [마음(心)]이라니.

어쩌면 나는 이 도주행에 생각 외로 힘들어하고 있는 게 아닐까? 예화의 말이 이어졌다.

"그리고 적멸보궁, 타화자재천, 육십 화엄이란 건 부처의 탄생설화(誕生說話)나 불학에 나오는 단어예요. 적멸보궁은 부처의 사리를 모신 법당이고, 타화자재천은 욕계육천(欲界六天)의 하나예요."

"육십 화엄은 뭔데?"

"그건 지형이 아니라 불교 책 이름이에요. 거기를 장소라고 생각한다면, 아마 천룡팔부(天龍八部)의 어딘가를 의미하는 거겠죠."

예화가 경공으로 뛰다가 눈에 이채를 띠며 나를 돌아보았다.

"태오 당신은 부처에 아무런 관심도 없었는데 꿈에서 그런 전문적인 단어를 들은 건가요? 신기한 일이네요."

"그러게. 이상하게 그 꿈은 기억에 남아서."

나는 대꾸하면서도 예화가 대단히 지식이 깊다는 걸 알 수 있었다. 전문적인 불승(佛僧)이나 알 법한 지식을 망설임 없이 대답해 준다는 건, 그녀가 살아오면서 읽은 책이 나와는 비교도 안 되게 많다는 뜻이다. 물론 나도 무협소설은 많이 읽었지만 그녀는 동서고금의 잡학을 매우 많이 탐독한 모양이었다.

그리고 왠지 그 꿈을 꾼 뒤로 몸이 근질근질하다. 지식은 아니지만 경험 같은 게 내 몸에 들어와서 박히는 듯한 기분이었다.

이윽고 한참을 뛰어가자, 여러 무리의 사람들이 보란 듯이 길을 막고 있는 게 보였다. 흔한 산적이나 마적 떼는 아니었다. 왜냐하면 하나같이 정갈하게 옷을 차려입고 바른 자세로 무기를 들고 있었기 때문이다.

어째서 저들이 앞서 와 있는 걸 못 알아차렸는지 의아해졌지만, 곧 상대가 은신해 있다가 벼락처럼 뛰어나온 거라는 사실을 알아차렸다. 그들의 옷 곳곳에 흙먼지가 묻어 있었기 때문이다. 명백히 나를 노리고 나타난 자들이었기에 나는 경계하며 그 자리에 멈춰 섰다.

그들 중 선두에 있던 자가 쩌렁쩌렁 외쳤다.

"멈춰라! 네가 태오(太烏)냐?"

"내게는 무슨 볼일이오?"

일단 대화를 시도하려는 걸 보면, 현상금 사냥꾼 무리는 아니다. 내가 경계하는 기색으로 그들을 노려보자, 우두머리가 말했다.

"돌아가라! 네놈이 천산이 오는 걸 어르신께서 원치 않으신다."

"뭐?"

뜻밖의 말이었다. 나는 당연히 날 죽이거나 사로잡으려는 자들일 줄 알았는데, 설마 천산에 오지 말고 돌아가라니! 이것대로 당황스러운 일이었지만 내 옆에 잠자코 서 있던 예화가 앞으로 나섰다.

"윤(萮) 장로(長老)! 이게 무슨 짓인가요?"

아는 사이인가? 내가 힐끔 돌아보았을 때 정말로 놀랄 일이 벌어졌다.

한꺼번에 윤 장로라고 불린 자는 물론, 뒤쪽에 서 있던 오십여 명 가까운 사람들이 한번에 무릎을 꿇었기 때문이다. 그건 명백히 자신이 섬기는 주군에게나 할 법한 복종의 예였다. 윤 장로라는 노인은 떨리는 목소리로 말했다.

"아가씨. 어르신의 말씀을 전하러 왔습니다."

"뭐라고요?"

"아가씨께서 옆의 아이를 도우신다면 혈육(血肉)의 연(緣)을 끊겠다 하셨습니다."

"......!!"

예화의 얼굴이 굳어졌다. 혈육의 연을 끊겠다는 말은 결코 간단한 말이 아니다. 말 그대로 부모 자식 관계를 끊겠다는 말! 그 말의 무거움 때문에 예화가 침묵하고 있을 때 윤 장로라는 자가 살기 어린 눈으로 나를 노려보았다.

"이놈! 네 녀석 때문에 검성지륜이 세상에 노출되고, 우리 천산파(天山派) 또한 위험에 처하게 되었다. 네 생각 없는 행동이 어떤 평지풍파를 일으켰는지 모르겠느냐!"

호통 자체가 두렵진 않다. 하지만 그의 말은 의미심장하고 뜨끔한 데가 있어서 나도 모르게 반문했다.

"무슨 말이오?"

"우리는 이미 네 녀석이 삼왕야(三王爺)에게 의뢰를 받아서 천산에 오고 있다는 사실을 알고 있다. 어르신께서는 네 행동 때문에 지금 목숨을 걸 생각을 하고 계시단 말이다!"

"……?"

나는 놀람과 당황함을 동시에 느꼈다.

놀라운 점은 태천맹도 모르고 있는 내 목적을 천산파 사람들이 알고 있다는 것이고, 당황스러운 건 '어르신'이란 자가 목숨을 건다는 사실이었다. 윤 장로가 어르신이라고 칭하는 인물은 당연히 예화의 아버지이며 검성의 후예 중 한 명일 텐데, 어째서 내 행동 때문에 목숨을 건다는 것일까?

굉장히 많은 비밀이 얽혀 있는 것 같아서 머리가 혼란스러워졌다. 그때 예화가 차분하게 나서며 말했다.

"태오와 나는 검성지륜을 나누며 혼인의 언약을 맺었어요. 내 지아비를 내치겠다는 건가요?"

"그 사실도 전해 들었습니다. 검성지륜으로 나눈 혼인은 절대적! 어르신께서는 검성가(劍聖家)의 법도를 부정하실 수 없습니다. 저희들도 그러합니다."

곧 윤 장로가 고통스러운 표정을 지었다.

"……하지만 천산에는 출입시킬 수 없습니다! 이 또한 어르신의 의지입니다."

"……."

나는 윤 장로를 포함한 천산파의 무인들이 하나같이 목숨을 걸 각오를 하고 있다는 사실을 알 수 있었다. 모두가 새하얀 옷을 입고 시꺼먼 관을 쓰고 있어서 언제 죽어도 좋은 복장이었다. 만일 억지로 뚫으려 할 경우 모두가 죽을 것을 각오하고 이 자리에 왔다는 뜻이었다.

휘잉!

천산 근처의 찬 바람이 몰아쳤다. 날씨가 점차 눈이 오려고 하고 있었다.

나는 한숨을 쉬며 입을 열었다.

"그 말대로 나는 삼왕야의 부탁을 받아서 천산에 사는 남룡제(南龍帝)란 인물에게 이 서찰을 전달하러 왔습니다. 내가 천산에 들어갈 수 없다면 남룡제라는 자를 찾아서 이 서찰을 전달해 줄 수 있겠습니까?"

왕야의 목숨이 걸려 있을 정도로 중요한 서찰을 타인에

게 맡기는 건 언어도단이다. 하지만 이 상황에서 천산파 사람들과 목숨 걸고 싸울 정도로 중요한 것도 아니다. 막말로 삼왕야가 죽든 말든 나와 큰 상관없는 일이고, 지금까지 목숨 걸고 호북에서 천산까지 온 것은 그저 모험심과 의리 때문이었다.

내 말을 들은 윤 장로가 흠칫하고 몸을 떨었다. 그는 경악한 듯 눈을 부릅뜨고는 내게 물었다.

"태오! 네놈은 남룡제라는 칭호를 어디서 들었느냐?"

"딱히 아는 게 없소. 나는 편지의 수신인이 그라는 걸 알고 있을 뿐이고, 본 적도 들은 적도 없는 인물이오. 그래서 천산에 들어가고자 하오만."

"……"

윤 장로는 고뇌하는 모습이었다. 그는 잠시 생각하다가 조심스레 내게 말했다.

"태오…… 만일에 내가 남룡제에게 그 서찰을 전해 준다면, 얌전히 돌아가 줄 수 있느냐?"

"물론이오. 나도 일이 아니라면 천산에 들어가야 할 이유는 없소."

내 대답에 예화가 흘겨보았다. 그녀는 내 말이 불만족스러운 듯했지만 별다른 말을 하지 않았다. 아마 그녀도 처음부터 나와 헤어질 수 있다는 사실을 각오하고 있었기 때문이리라. 나는 윤 장로에게 부언했다.

"그리고 나는 그대를 쉽게 믿을 수 없으니, 천산파와 당신 주인의 명예를 걸고 서찰을 남룡제에게 전해 준다고 맹세해 주시오."

"물론이다. 맹세하겠다."

"무슨?!"

윤 장로의 대답이 너무 쉽게 나와서 당황한 건 예화였다. 그녀는 윤 장로가 너무 쉽게 대답한 것을 믿을 수 없다는 듯 그에게 따져 물었다.

"장로님! 나는 천산에서 십칠 년 이상을 살아왔지만 남룡제라는 사람은 본 적도 들은 적도 없어요. 어찌 천산파의 명예를 그리 쉽게 거실 수 있죠?!"

"……아가씨."

윤 장로는 한숨을 쉬었다.

"우선 저희와 함께 어르신께 돌아가시지요. 어르신께서 모든 걸 설명해 주실 겁니다."

"말해 줄 생각이 없군요."

"바깥에서 하기에는 너무나 위험한 이야기이기 때문입니다. 아가씨, 제발……."

윤 장로가 간절한 눈으로 고개를 숙였다. 예화는 더 이상은 따져 들지 못하고, 망설이더니 나를 돌아보며 말했다.

"언제 어디에 있든 저는 태오의 아내예요. 반드시 다시 만나게 될 거예요."

"······."

매몰찬 말을 할 수가 없었다. 물론 일이 이렇게 된 데 내 책임이 있어서기도 했지만, 내가 예화에게 품은 감정이 그리 나쁘지 않기 때문이다. 그녀의 마음이 간절한데 나 혼자만 계속 떨쳐 낸다는 의심도 지울 수가 없었다.

결국 나는 책임지지도 못할 대답을 해 버리고 말았다. 지륜을 끼고 있는 오른손을 얼굴 앞으로 올리며 말했다.

"한 가지는 약속할게. 당신 말대로 이 지륜은 무슨 일이 있어도 보관하겠어."

"······고마워요."

예화의 눈가에 이슬이 맺혔다. 하지만 그녀는 더 이상 약한 티를 내지 않고 망설임 없이 천산파 사람들 쪽으로 걸어갔다. 문파 사람들 앞에서는 늘 강한 모습을 보이고 싶은 모양이었다. 나는 물끄러미 예화를 바라보다가 고개를 돌렸다.

이제 남은 건 태천맹과 금의위의 추격을 피해서 도주하는 것뿐이다. 금의위가 쫓아오는 걸 보면 이제 와서 삼왕야에게 돌아가 봐야 자살행위일 뿐이고, 이 세상의 이목을 피해서 어딘가에 은거하는 것뿐이리라.

고향의 가족들이 걱정되었지만 지금 내가 할 수 있는
일은 없다. 반년도 안 되는 사이에 내 인생이 정말로 극적
으로 바뀌어 버렸지만 나는 별 감상 없이 걸음을 옮겼다.

그때였다. 윤 장로가 갑자기 내게 날 듯이 뛰어오며 외
쳤다.

"아, 잠깐!"

"……?"

"어르신께서 남긴 또 하나의 당부가 있었다. 네게 검성
지륜(劍聖指輪)의 사용법을 가르치라고 하셨다."

나는 의아한 눈으로 반지를 내려다보았다. 나도 예화가
보여 줬던 '절벽 가르기'가 인상 깊어서 한 번 해 보려고
했다. 하지만 아무리 내공을 끌어 올려도 예화가 보여 줬
던 백광은 절대 나오지 않았다. 예화 또한 아직은 사문의
비밀이라면서 내게 가르치지 않았다.

그는 내 반지를 내려다보았다.

"어차피 네 녀석의 역량이 되지 않으면 사용할 수 없겠
지만…… 그 반지에는 그림(圖)이 새겨져 있다."

"그림?"

"검성지륜은 사람마다 얻어내는 게 다르다. 검성지륜에
새겨진 그림을 보고 무엇을 깨닫느냐에 따라서 기술이 천

변만화하기 때문이다. 어르신께서는 이 정도만 알려 줘도 족하다고 말씀하셨다."

"그림이라⋯⋯."

나는 물끄러미 반지를 보았다. 그렇다면 전에 예화가 보여 주었던 절벽 가르기도 검성의 정식 기술이 아니라, 예화가 검성지륜을 보고 연구해서 만들어 낸 기술이라는 말인가? 절기의 유출이 문제가 아니라 검성지륜 자체가 천하의 보물인 셈이었다.

윤 장로는 나를 매섭게 노려보았다.

"아가씨를 슬프게 하면 용서치 않겠다."

"⋯⋯."

쫓아내는 건 그쪽이잖아.

나는 대꾸하지 않고 걸음을 옮겼다. 이제 천산에서 할 일이 끝났으니 몸을 숨길 곳을 찾아보는 게 좋을 듯했다.

'어디로 가지?'

나는 그냥 중원 바깥으로 나가 버리는 편이 속 시원할 거라는 생각이 들었다. 그것보다 국경을 통과하고 나면 평생 오지에 박혀 살아야 할 텐데, 말도 글도 모르는 상태로 어떻게 살아야 할지 막막할 것 같았다.

더 이상 천산파 사람들도 예화도 안 보이는 곳까지 걸어왔을 때였다. 웬 학구적인 분위기의 청년 학사(學士)

한 명이 내 쪽으로 걸어왔다. 나는 그의 인기척을 느꼈지
만 내공이나 기세가 느껴지지 않고 평범해서 그저 무시하
고 지나치려 했다.

"소년."

그런데 학사가 내 앞에 멈춰 서서 말했다.

"남룡제를 왜 찾는 거지?"

"……."

11.
남룡제(南龍帝)

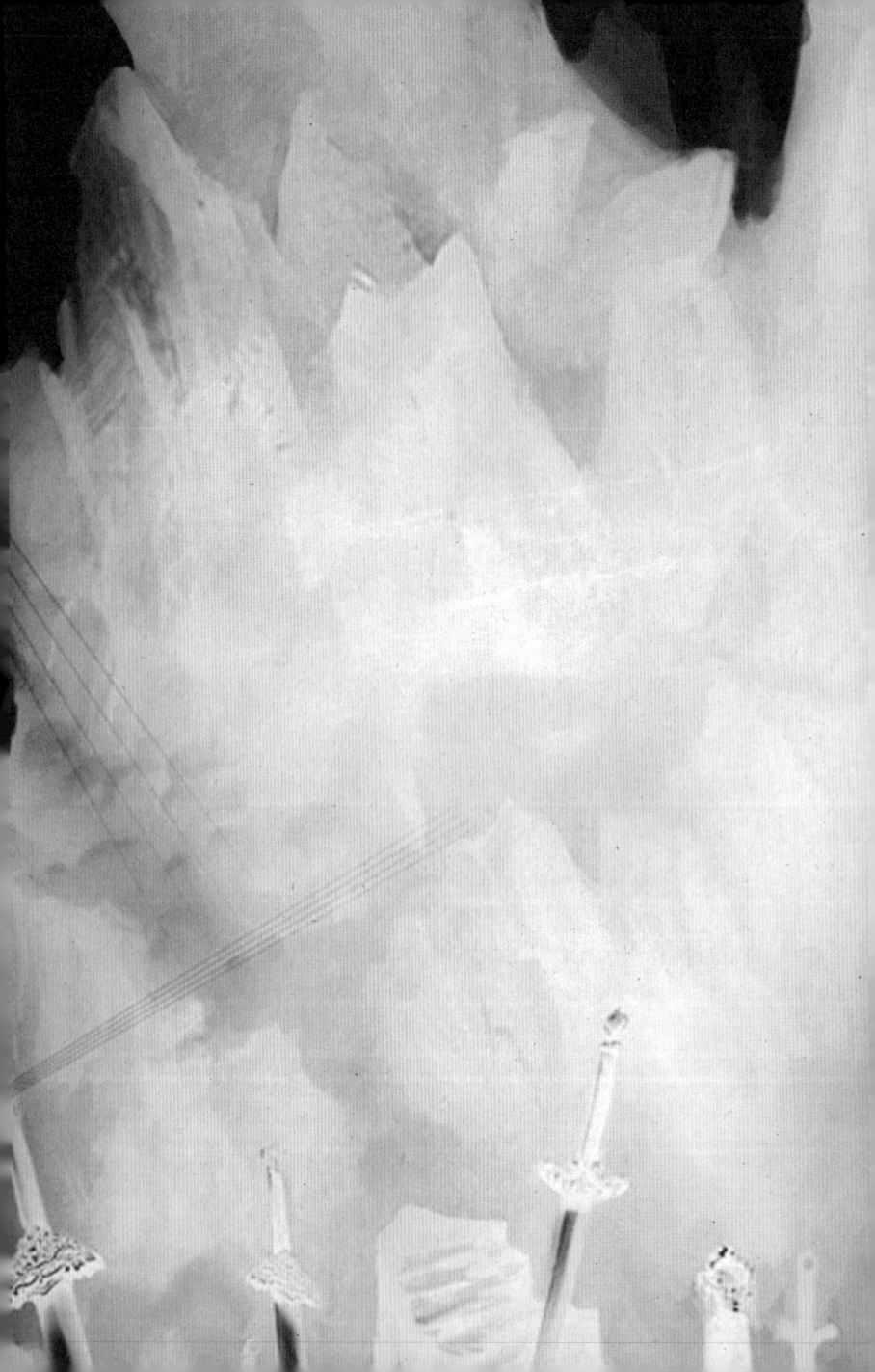

나는 빠르게 기세를 끌어 올리며 그를 경계했다. 단번에 남룡제라는 단어를 짚어 냈다면 내 일에 대해서 꽤 잘 알고 있다고 해도 무방하다. 적어도 평범한 사람은 아닐 것이다. 말없이 그를 노려보자, 청년 학사는 짧게 콧숨을 쉬었다.

"흠, 듣기로 태천맹에게 쫓기는 건 무당파 때문이고…… 금의위에 쫓기는 건 삼왕야의 편지 때문이라는데. 자네는 삼왕야의 부탁만 무시했다면 천하에 쫓기지 않아도 되었을 게야."

외모는 그저 준수하게 생긴 이십대 청년인데, 학사의

말투는 마치 나이를 지긋이 먹은 장년인 같았다. 나는 도끼눈을 뜨면서 그의 말에 반박했다.

"당신이 누군지는 모르지만 제멋대로 말하지 마시오. 내가 했던 행동은 모두 내 선택이니까."

"그래. 자네는 나이가 어리지만 심지가 굳고 웬만한 사람보다 생각도 깊군. 하지만 그렇다고 해서 모든 선택을 옳게 할 수 있는 건 아닐세. 그건 어떤 사람도 불가능하지."

청년 학사는 하늘을 올려다보며 씁쓸하게 말했다.

"뭐, 그건 나도 그렇지만."

"설교는 됐고 당신 정체를 밝히시오."

나는 사나운 기세를 표출했다. 자꾸 일이 꼬여 가는 것 같아서 마음이 조급해진 것이다. 살아남을 방법을 고민하는 것만 해도 머리가 아파 죽을 지경인데 자꾸 적이 나타나는 것 같았기 때문이다.

청년 학사가 빙긋 웃었다.

"예화의 아비 되는 사람일세, 사위."

"……."

나는 잠시 동안 아무 말도 못한 채 멀거니 상대방의 얼굴을 쳐다보았다. 잘 살펴보니 이목구비가 예화와 많이 닮긴 했는데, 저 외모로 보면 오빠나 남동생이라고 여길 수준이다. '아버지' 라고 불릴 만한 장년 남자의 외모와는 매우 거리가 있는 것이다. 짧은 수염이 턱가에 나 있는 정도라서 도저히 나이가 많아 보이지 않았다.

"거, 거짓말."

"왜 거짓말이라는 겐가?"

청년 학사, 자칭 예화의 아버지라는 자는 어깨를 으쓱했다.

"하긴 뜬금없이 이런 말을 해도 못 믿긴 하겠지. 그럼 내가 자네의 장인이라는 사실을 어떻게 하면 믿을 생각이지?"

"그건, 음⋯⋯."

나는 할 말이 궁색해졌다. 만일 정말로 예화의 아버지라면 검성의 후예이다. 검성가의 무예를 이어받은 고수라고 한다면 함부로 무례하게 굴어서는 안 된다. 나는 안절부절못하다가 말했다.

"그, 그래! 당신이 본인이라고 칩시다! 근데 그래서 어떻다는 거요? 나는 이미 남룡제에게 편지를 전달하는 일을 마쳤고, 그녀의 아버지에게는 별로 볼일이 없소!"

"그건 왜 그런가?"

갑자기 그의 표정이 서늘해졌다.

"태오. 예화와 자네는 검성지륜으로 인연을 맺었으니,

나는 그대의 장인이지. 볼일이 없다는 게 말이 되나?"

"바로 그 장인이 내게 축객령을 내리지 않았소? 보기 싫다고 하니 떠나갈 뿐이건만."

"이런이런……. 역시 오해가 있는 모양이군."

그는 한숨을 내쉬더니 말했다.

"자네를 쫓아내는 건 바로 오늘 천산파(天山派)가 사라지기 때문일세. 멸망하는 문파에 자네를 데리고 가 봐야 혼란만 가중될 뿐이니, 내가 자네를 따로 데리고 도피하려는 것뿐일세."

"네?"

"다시 내 소개를 하지."

청년 학사는 근엄한 표정을 지으며 품에서 작은 부채를 꺼냈다.

"나는 그대가 찾고 있던 쌍룡제(雙龍帝) 중에서 남룡제(南龍帝)라 불리는 사람이며, 예화의 아버지이자 그대의 장인일세. 또 다른 대외적인 직함은 천산파(天山派)의 장문인(掌門人)이며, 검성(劍聖)의 손자이기도 하지."

"……."

나는 할 말을 잊었다.

"진실을 말해 줌세."

잠시 후 나는 남룡제의 설명을 들으면서 극렬한 짜증을

느끼기 시작했다. 아무리 생각해도 상대방이 하는 말이
전부 옳았기 때문이다.

＊　　　＊　　　＊

"아가씨. 상황이 이해되셨습니까?"

"알았어요, 윤 장로."

윤 장로와 오십여 명의 천산파 정예 검수들은 빠르게
이동하기 시작했다. 이미 천산파의 일반 문인들이나 어린
아이, 가솔들은 이틀 전에 천산에서 떠난 지 오래였다. 윤
장로와 정예 검수들이 여기서 기다리고 있었던 이유는 오
로지 무사히 예화를 모셔 가기 위해서였다.

예화는 빠른 경공으로 이동하면서 말했다.

"설마, 아버지께서 남룡제라는 신분을 가지고 계실 줄
은 몰랐군요."

"죄송합니다. 그 사실은 저를 포함해서 두 명의 천산파
장로들밖에 모르는 일입니다. 그만큼 중대한 비밀이었기
에 아가씨께서 태어나기 전부터 감추고 있었습니다."

휘잉!

"헉, 허억……."

"너무 빨라……."

남룡제(南龍帝) 273

예화와 윤 장로 뒤를 따라오는 정예 검수들은 지친 기색이었다. 그들 또한 말보다 빠르게 달리는 중이었는데, 예화나 윤 장로의 경공 속도가 그들보다 적어도 두 배가 빠르기에 어쩔 수가 없는 일이었다.

예화가 말했다.

"그러면 아버님께서 금의위에 쫓겨야 할 이유는 뭐죠? 오만 명의 관군이 천산 일대를 포위할 거란 정보가 정말로 사실인 건가요?"

충격적인 말이었다.

오만 명의 관군! 오천여 명의 대(隊)가 있으면 반경 일백 리의 치안을 책임질 수 있다면, 오만 명으로는 반란(反亂)을 일으킬 수 있었다. 천산산맥은 매우 넓고 거대한 지역이지만 오만 명이 투입되어서 샅샅이 뒤진다면 포위가 불가능한 일도 아니었다.

윤 장로가 고개를 무겁게 끄덕였다.

"자세한 사정은 너무나 깊고 복잡해서 이 자리에서 바로 설명드릴 수 없습니다. 나중에 어르신께서 따로 설명을 드릴 겁니다. 지금 드릴 수 있는 말씀은, 저희 쪽에서 금의위에 심어 놓은 밀정(密偵)이 전해 준 정확한 정보라는 겁니다."

"금의위에 밀정이라니…… 도대체 아버지께선 무슨 일

을 하시는 거죠?"

예화가 경악스러워했다.

그도 그럴 것이, 금의위는 황제 산하에서 모든 종류의 첩보와 안보를 담당하는 최고위 비밀 기관이다. 금의위가 움직이는 모든 게 황제의 뜻이라고 가정하면, 현 제국 최강의 조직이다. 아무리 천산파가 이 일대에서는 구파일방 못지않은 위세를 떨친다고 하지만 금의위에 밀정을 넣어야 할 만한 사정은 없었다.

윤 장로는 예화의 질문에는 대답하지 않고 말을 이었다.

"어르신의 계획대로라면 저희 모두는 서장으로 향하는 길목인 오랍국(五臘國)으로 망명할 것입니다. 오랍국에서 사람들이 정착을 하고 나면, 기회를 봐서 십 년 이내에 중원에 복귀하실 예정이라고 말씀하셨습니다."

"오랍국이라니……."

"아가씨께서 어렸을 때 가 보신 곳이지 않습니까?"

예화가 쓴웃음을 지었다.

"가 봤죠. 어머니의 고향이니까요."

"이미 일반 가솔들은 모두 대피해 있습니다. 저희만 국경을 넘으면 됩니다."

"아버지께선?"

"추격자를 막으려고 남으셨습니다. 무사히 오실 겁니다."

예화가 깜짝 놀랐다.

"오만 대군을!! 말도 안 돼요!"

"어르신께서 상대하실 건 오만 관군이 아닙니다. 그자들보다 더욱 무서운 존재가 함께 추격해 오기 때문에, 그 존재를 막으려고 하십니다."

"네? 그게 대체 어떤 존재이길래……."

예화의 반문에 윤 장로가 머뭇거렸다. 그러더니 어쩔 수 없다는 듯 대답했다.

"한때 쌍룡(雙龍)이 사령(四靈)을 물어 죽인다는 노래가 장안에 유행한 적이 있었습니다. 어르신께서 황도의 초고수들을 상대하던 일이 소문이 난 것입니다. 지금 어르신께서 막으실 존재는 사령(四靈)의 한 사람입니다."

윤 장로의 부연 설명에 예화의 표정이 굳었다.

"그자의 명호는 흑황령(黑皇靈). 금의위의 창설자이며, 팔십 년 전 검성전(劍聖電)의 준우승자입니다."

       *   *   *

"맞아. 내가 바로 남룡제(南龍帝)라고 불리는 사람이네."

자칭 내 장인이라는 청년 학사가 훗하고 웃었다.

"사위 얼굴을 이렇게 보니 좋구먼."

"……."

나는 상대방을 남룡제라고 인정하기로 했다. 다른 건 몰라도 이만큼이나 비밀을 알고 있다면, 진짜 정체가 뭐든 이 상황에서 최대한 의지할 수밖에 없다. 나는 남룡제에게 들었던 사실을 다시 정리하기로 했다.

"그러니까, 수십 년 전에 당신은 북룡제(北龍帝)라는 고수와 함께 황제(皇帝) 암살(暗殺)을 기도했다가 실패했고, 지금은 천산파의 장문인이라는 거지요?"

"그렇다네."

남룡제는 대수롭지 않은 듯 말했다.

"외모 같은 건 면구를 이용하면 쉽게 숨겨지니까. 물론 지금 자네에게 보여 주고 있는 건 내 맨얼굴이네."

"그리고 금의위에서는 당신과 삼왕야가 접촉해서 음모(陰謀)를 꾸미는 일을 막기 위해서 오만 대군과 금의위 고수를 동원했다는 것이고요."

"맞네. 금의위에 보내 놓은 밀정이 제 몫을 해 주었지."

"……."

나는 뚫어져라 남룡제를 노려보다가 말했다.

"……황제를, 왜 죽이려고 하는 겁니까?"

"응?"

도리어 남룡제가 당황한 기색이었다.

"의외의 질문이군. 다른 궁금한 게 훨씬 많을 텐데 그걸 먼저 묻는 건가?"

"이해가 안 되니까요."

나는 힐끔 주변을 살폈다. 오만 금군이 쳐들어온다고 하지만 아직 사방은 고요하고 인기척이 없다. 하긴 이 평야에 사람이 꽉꽉 들어차면 공포스러울 거 같긴 했다.

"예화에게 듣기로 당신의 일족은 전설적인 무림의 영웅, 검성(劍聖)의 가문 아닙니까? 지금 중원에 눌러앉아서 천하제일가(天下第一家) 행세를 해도 모자랄 판에, 어째서 황제를 죽이려고 가명에 가짜 신분까지 동원해서 살아가는 겁니까!"

"……"

이해가 안 된다.

내가 짐작하는 대로 눈앞에 있는 남룡제가 초절정을 넘어서서 반로환동(反老還童)의 경지에 도달한 절대고수라면 황제 암살을 시도할 필요가 없다. 검성지륜이라는 증거품도 있으니 그냥 중원에 되돌아가서 가문을 번창시키면 그만이다. 역모를 꾸미면서 구족이 몰살당할 위험을 감수해야 할 이유가 없는 것이다.

남룡제가 난처한 표정을 지었다.

"나도 젊었을 적에는 자네처럼 생각했었지. 내가 제국의 백성인 이상, 아무리 초대 검성의 뜻이 소중해도 황제를 죽일 수는 없다고 생각했다네. 가문을 부흥시키고 가솔들을 행복하게 하는 게 가주(家主)의 책임 아닌가? 허나 도중에 생각이 바뀌었을 뿐이네."

"무슨……?"

"태오 소협. 자네는 중원 바깥에 몇 개의 나라와 몇 명의 인간이 있는지 알고 있나?"

"……"

"백여 년 전 이후로 꾸준히 황제가 해외 정벌(征伐)을 시도하는 일에 의문을 가진 적은 없나?"

생각해 본 적이 있을 리가 없다.

반년 전만 해도 나는 그냥 무공도 모르는 평범한 농부의 자식이었고, 무협소설을 좋아했을 뿐이다. 외국이라는 개념보다는 오랑캐라고밖에 생각하지 않았다. 중원 바깥에는 옷도 제대로 못 입는 야만인들이 널려 있다고만 알고 있었을 뿐이다.

남룡제가 부채를 부치며 말했다.

"인협(仁俠)과 충성(忠誠)은 다를 수 있는 문제일세.

나는 초대 검성의 뜻을 받들기로 했을 뿐, 내가 하는 행동에 한 치의 후회도 없다네."

"황제를 죽이면 천하가 어지러워지는 건 당연한 이치 아닙니까? 그 과정에서 일어날 혼란은……."

"뭐, 삼왕야가 내게 손을 잡자는 것도 그런 맥락이겠지. 혼란을 틈타서 황제의 자리에 오르겠다는 욕심일 게야."

남룡제는 삼왕야 이야기를 꺼내며 시큰둥한 표정을 지었다.

"물론 나는 그자와 손을 잡을 생각이 없다네. 내가 원하는 건 그자와 다르니까. 편지 따위는 나중에 읽어 봐도 돼."

"……."

무언가 삼왕야와는 그릇이 다르다는 느낌이었다.

"아무튼 슬슬 움직여 보세. 흑황령이라면 마음이 달아서 서둘러 움직이겠지. 나와 자네는 오랍국으로 피하는 게 아니라 황도(皇都)로 가야 하니까."

나는 깜짝 놀랐다.

"나도 간다고요? 내가 왜 황도로 가야 합니까?"

"사위, 섭섭하게 왜 이러나? 장인이 하는 일을 좀 거들어 달라는 게 그리도 어려운가?"

"……"

공공연히 황제를 암살하고 싶다는 자와 함께 다니고 싶은 무림인은 아무도 없을 것이다. 그렇다고 여기서 깐죽거리거나 할 수도 없었다. 남룡제가 정말로 반로환동의 고수라면 죽지 않을 만큼 개처럼 맞고 나서 질질 끌려갈 수도 있기 때문이다.

"설마 황제를 죽이러 가는 건 아니겠죠?"

"그놈을 왜 죽여? 죽일 놈은 따로 있는데."

남룡제의 퉁명스러운 대답에는 애증이 섞여 있었다.

휘익!

순간 남룡제의 신형이 앞으로 쭈욱 밀려갔다. 밀려갔다고 표현한 것은, 그가 눈 깜짝할 사이에 수십 장이나 되는 공간을 이동했기 때문이다. 내 안력으로는 제대로 파악할 수 없을 정도로 빠른 속도였다.

'저, 저게 경공인가?'

나는 경악했다. 강호에 나와서 수많은 고수들과 싸우고 무공을 견식했지만 방금 같은 경공을 본 적은 없다. 발을 움직이는 것도 아닌데 허공을 날아서 가다니, 상상조차도 해 보지 못한 것이다.

내가 죽을 힘을 다해서 달려가자, 남룡제가 서서히 내게 속도를 맞춰 주며 옆에서 말했다.

"아마 가다 보면 흑황령과 떨거지들을 만날 것이네. 흑황령은 내가 처리할 텐데, 자네는 도망치던가 떨거지를 처리해 주면 된다네."

"무슨 말입니까?!"

"천산파 사람들의 도주를 쉽게 하려면 내가 시선을 끌어 줘야 한다는 게지! 자네는 덤으로 도와주는 것일세."

"……."

나는 흑황령이라는 명호를 처음 들어 보았다. 성구몽 장로에게서 십 년 전의 검성전에 대해서는 유명 인물을 다 전해 들었는데, 흑황령은 도통 처음 들어 본다. 내가 고개를 갸웃거릴 때 남룡제가 말했다.

"그런데 자네에게서는 특이한 힘이 느껴지는군."

"네?"

"혹시 환룡(幻龍)을 알고 있는가?"

"……!!"

나는 너무나 놀라서 그 자리에 멈춰 서고 말았다.

설마, 이런 곳에서 남룡제의 입에 환룡이 언급되다니! 내가 제일 좋아하는 무협 작가이자 존경하는 사람이다. 사실 호북성을 갔을 때 찾아가 보고 싶었는데 쫓기는 바람에 환룡을 찾아보지도 못했다.

나도 모르게 더듬거리며 되물었다.

"아, 알죠. 그건 왜 물어보십니까?"

남룡제가 만면에 미소를 띄었다.

"전부터 자네의 소문을 듣고, 이것저것 생각해 봤는데~ 자네는 천인일재도 만인일귀도 아닌 듯하더군. 재능도 광기도 아니라면 환룡이 부리는 괴상한 술수밖에 답이 없는 것 같아서 말이야."

"……환룡을 어떻게 아십니까?"

말하는 양으로 보아서는 남룡제는 환룡을 꽤나 잘 알고 있는 모양이었다. 남룡제는 엄청난 경공으로 달리면서도 숨찬 기색 하나 없이 턱을 쓰다듬었다.

"할아버지의 친구야."

콰아아앙!!

그때 하늘에서 무언가가 떨어지면서 거대한 폭음이 울렸다. 나와 남룡제는 일 장 앞에 박혀 있는 창(槍) 한 자루 보았는데, 섬뜩할 정도의 투기가 느껴졌다. 나는 땅이 움푹 파인 걸 보고 전율했다.

'대체 어디서 던지면 저만큼 땅이 파이는 거지?'

남룡제가 저만치에서 날아오는 신형 다섯 개를 바라보며 쿡쿡 웃었다.

"이것 참. 빨리도 왔군."

파악!

달려오면서 땅에 꽂힌 창을 빼내며 한 명의 갑옷무사가 남룡제에게 달려들었다. 그의 경공은 매우 빨라서 나에 비해서도 전혀 떨어지지 않았다. 마치 흑풍(黑風)이 날아드는 듯한 기색에 공간이 말려 들어가는 듯했다.

빠지직!

마환흑풍창(魔丸黑風槍)
오의(奧義)
흑뢰진(黑雷震)!

삽시간의 일이었다. 갑옷 무사의 둔중한 몸이 다섯 개로 늘어나는가 싶더니, 진동을 머금고 있는 창두가 수백 개로 분열했다. 하나하나의 빠르기가 절초에 못지않은 데다 회전력을 안고 있어서 도저히 인간이 살아날 수 없을 것만 같았다.

퍼억!

하지만 갑옷무사는 절초를 펼치다 말고 갑자기 앞으로 고꾸라졌다. 잘은 모르겠지만 자신도 모르는 사이에 뒤통수에 한 방을 얻어맞은 듯, 기절해서 일어나지를 못했다. 나는 그게 남룡제의 솜씨라는 걸 깨닫고 전율했다.

'저게 가능한가?'

저 갑옷무사의 실력은 나도 쉽게 상대할 수 없다. 아마 목숨 걸고 싸워야 비등비등할 수준이리라. 그런데 마치 애들 장난하듯이 제압해 버리는 솜씨에, 어째서 그의 명호에 제(帝)라는 자존광대한 글자가 들어갔는지 알 수 있었다.

사사삭!

나머지 네 사람은 바로 달려들지 않고 우리 둘 주변을 포위했다. 그들은 하나같이 무표정한 갑옷무사였는데, 얼굴 한 켠에는 대단한 긴장감이 느껴졌다. 남룡제 한 명에게 네 사람의 기가 눌려서 덤벼들지 못하고 있는 것이다.

남룡제가 부채를 펼쳐 들며 말했다.

"보아하니 흑황령 휘하에 있는 흑풍십걸(黑風十傑)들이군. 너희의 대장은 어디에 있느냐?"

"남룡제. 여기가 네놈의 부덤이다."

"허허. 패기만만한 걸 보니, 죽고 싶은 게로구나."

남룡제는 피식 웃더니 갑자기 그 자리에서 사라졌다. 아니, 사라졌다기 보다는 그의 경공이 너무나 빨라서 내 눈으로 미처 쫓지 못한 것이다.

남룡제가 다음으로 모습을 나타냈을 때는 두 사람의 흑풍십걸이 일격에 혈도를 제압당해 있었다.

투둑!

남룡제가 그대로 손을 뻗어서 한 사람의 목을 부여잡자, 남은 한 명은 어찌할 바를 모르고 방어 자세만 취하고 있었다.

나는 일련의 광경이 채 삼 초도 되지 않는 동안에 일어난 걸 보고 입을 다물었다.

강해도 너무 강하다.

흑풍십걸 하나하나의 실력도 지룡전급 고수에 비해 크게 떨어지는 게 아닌데, 너무나 쉽게 제압당해 버렸다! 성구몽 장로라고 해도 지금 눈앞에서 벌어지는 초인적인 무위를 보여 줄 수 있을 것 같지 않았다.

마지막 남은 흑풍십걸이 이를 악물었다.

"이 대역죄인(大逆罪人)이! 오늘 이 자리에서 살아날 수 있을 것 같으냐?!"

"그럴 거 같은데."

쉬쉬쉭!

그때 사방에서 강전(剛箭)이 날아들었다. 개중에는 내공이 실린 화살도 있었는데, 순식간에 이 근처로 화살의 비가 날아오는 기색이었다.

남룡제는 흑풍십걸의 목을 놓아 주고 가볍게 부채로 강전을 쳐 냈지만 더 이상 싸워 봤자라고 생각하는 듯했다.

흑풍십걸 한 명이 부상자들을 수습하며, 도망치는 우리에게 외쳤다.

"사냥은 시작되었다! 오늘이야말로 남룡제의 수급을 취하게 되리라!"

"저 친구 너무 시끄럽군."

날아들 듯이 움직이던 남룡제가 인상을 찡그렸다. 그러더니 품속에서 조그마한 붓을 한 자루 꺼내더니 뒤도 돌아보지 않고 던져 버렸다.

푸욱!

"크헉……."

흑풍십걸은 미간을 붓으로 꿰뚫리자 눈을 부릅뜨며 비틀거렸다. 잠시 후에 힘없이 쓰러지는 모습이 즉사 같았다. 아무리 무공 차이가 난다지만 흑풍십걸 정도의 절정고수를 장난처럼 죽여 버리는 모습이 현실감이 없었다.

그제야 나는 아까 남룡제가 황제의 목숨을 별거 아닌 것처럼 이야기했던 이유를 알 수 있었다. 오만 대군을 동원해도 자신이 없을 정도로 빠르고 강하기 때문에 금의위에서도 그를 공포스럽게 느낀 것이다.

고작 일개인이 천하를 논할 힘을 지니고 있다니!

나는 평생 느껴 본 적이 없는 심대한 충격을 받았다.

내가 멍하니 남룡제를 따라가는 동안에도 그는 엄청난 속도로 사방을 둘러싼 궁병(弓兵)들 사이를 휘젓고 다녔다. 전방에서 돌개바람이 한 번 일어날 때마다 인간이 수십 명씩 허공으로 튀어 오르며 피를 뿌렸다.

퍼퍼퍽!

"세상에."

나는 하늘에서 쿵하고 떨어지는 궁병들을 보며 기가 질렸다. 그들은 다들 일 장씩을 맞고 개구리처럼 뻗어 있었는데, 놀라운 건 단 한 명도 죽거나 치명상을 입지 않았다는 것이다. 남룡제의 무공 힘 조절이 가히 신(神)적인 경지에 이르러 있다는 뜻이었다.

남룡제가 약 백오십여 장을 나아가는 동안에 팔백여 명 이상의 병력의 포위를 뚫었는데, 그들 중 누구도 몸성히 서 있을 수 없었다. 광풍(狂風)이 몰아치고 나면 궁병이고 보병이고 기병이고 남아나질 않았다. 나는 아무것도 하지 않고 그저 그의 등 뒤를 따라가기만 하면 되는 상황이었다.

'어쩌면 진짜로……'

오만 명의 대군이 몰려온다고 들었다. 팔백 명 이상이 개미 떼처럼 우글거리는 걸 보면, 이미 이 일대에는 적어도 일만 명 이상이 모여 있다고 생각해도 될 것이다. 실제로 아직도 지평선에서는 말발굽 소리와 흙먼지가 일어나고 있다. 하지만 나는 도무지 눈앞의 남룡제가 지치거나 쓰러질 것 같지가 않았다.

이윽고 남룡제가 귀찮다는 듯 외쳤다.

"할 일 없으면 집에나 가라, 멍청이들아!"

쿠콰쾅!

공기의 와류(渦流)가 이글거리더니 허공에 수십 개나 떠올랐다. 이윽고 소리보다 빠르게 날아간 기탄(氣彈)은 엄청난 기세로 확장되더니 평야 한 켠을 쓸어버렸다. 달려오던 기병들이 군마와 함께 허공을 붕붕 날아다니는 모습에 현실성이 없었다.

내가 그저 멍하니 남룡제의 신위를 구경하고 있을 때 그의 육합전성(六合傳聲)이 들려 왔다.

"몸이 예전 같지 않군. 자네까지 돌보며 싸우기 힘드니, 내가 다 날려 버리면 적당한 곳에 숨어 있게."

저게 몸이 완전한 게 아니란 말인가?!

순간 내 기억에서 예화가 했던 말이 떠올랐다.

"만년보련(萬年寶蓮)이란 거예요. 아버님은 예전에 극한의 양기(陽氣)에 당한 상처 때문에 거동이 불편하신데, 극한의 음기를 지니고 있는 보련을 섭취하시면 예전처럼

건강해지실 거예요. 전 그래서 만년보련의 위치를 찾아서
일 년 동안 공부했고, 여기가 제일 가능성이 높다고 생각
해요."

전혀…… 거동이 불편한 사람 같지가 않았다. 하지만
예화나 본인도 저렇게 말하는 이상 사실일 가능성이 높았
다. 이윽고 남룡제가 예고한 대로 눈앞에 있는 모든 적을
차례대로 날려 버리기 시작했다.
쿠콰콰쾅!
쿠르르르릉!
"크아아아아아악!!"
"괴, 괴물이다!!"
천재지변이 따로 없었다. 반 식경도 되지 않는 사이에
평야를 꽉꽉 채울 정도로 많았던 정규 군병들은 모조리
피떡이 되어서 날아가거나 여기저기에 널브러져 있었다.
남룡제는 부채를 꺼내서 부치며 이마의 땀을 닦았다.
"나이를 먹으니 실력이 많이 줄었군. 북룡제 녀석이 놀
리겠어."
"……."
그때였다.
휘리리릭!

암운(暗雲)이 빠르게 맺히더니, 폐허처럼 변해 버린 일대에 몰려들었다. 자연현상으로 보기에는 너무나 빠르고 강렬한 구름이었다. 시종일관 여유롭던 남룡제의 표정이 처음으로 일변하더니 들고 있던 부채를 허공에 내던졌다.

봉뢰봉신(封雷封神)!

그 순간, 낮게 깔리던 검은 구름이 멈췄다. 잠시 구름이 꿈틀거리다가 급격히 쪼그라들더니, 종래에는 십여 장밖에 사람의 형상이 되어서 나타났다. 전설에서나 나오는 신선술을 보는 것 같아서 나는 입을 다물지 못했다.

나타난 것은 오종종한 외모를 지닌 키 작고 늙은 문사였다. 장정이 한 대 때리면 엎어질 것처럼 약해 보이는 노인이었다. 하지만 남룡제는 수천여 명의 병사를 쓰러뜨릴 때보다 지금이 더 긴장되는지 퉁명스럽게 말했다.

"흑황령. 내가 병사들을 죽이지 않을 거라고 생각하고 일부러 늦게 나타난 건가?"

"크크! 이용할 수 있는 건 모두 이용하는 게 정석(定石)."

흑황령이라고 불린 노인은 눈을 번득였다.

"네놈…… 반역자 주제에 잘도 뻔뻔스럽게 중원무림에

숨어 살고 있었구나! 설마 천산파 장문인으로 행세하고
다닐 줄은 몰랐다."

남룡제가 그를 비웃었다.

"너희가 새대가리일 뿐이지. 지난 세월, 지내는 데 아
무런 불편함도 없었다."

"그것도 여기까지다."

흑황령은 좌로 손을 휘둘렀다. 그러자 아무도 없던 곳
에서 비직하고 균열이 일어나더니, 세 사람의 인영(人影)
이 툭 튀어나왔다. 세 사람은 흑황령의 부하들과 다르게
제각기 개성 있는 복색을 하고 있었다.

개중에서 머리를 길게 길러서 묶은 여자가 힐끔 남룡제
를 보더니 말했다.

"이십 년 만이군요?"

"너는……!"

그녀의 얼굴을 알아본 남룡제가 당황스러운 표정을 지
었다. 그리고 옆에 있던 도끼를 든 사내와 점잖아 보이는
도객(刀客)의 얼굴도 한 번씩 살펴보았다. 남룡제가 무시
무시한 살기를 뿜어내며 흑황령을 노려보았다.

"이놈! 무슨 수로 이자들을 포섭했느냐?"

"크크크. 역시 천하의 네놈이라도 긴장되는 모양이군."

흑황령은 남룡제의 감정 변화가 즐거운지 웃음을 지

었다.

"알려 줄 이유는 없다. 그럼 죽어라!!"

스파앗!

눈 깜짝할 사이의 일이었다. 다섯 사람의 신형이 동시에 사라지더니, 허공 곳곳에서 파찰음과 파공음이 울렸다. 실상은 그들의 움직임이 너무 빨라서 내 능력으로는 쫓을 수 없었던 까닭이다.

따당!

어렴풋이 몇 개의 초식이 내 목을 따려고 날아왔지만 그 정도는 방어할 수 있었다. 하지만 도객이 펼쳐 낸 도기(刀氣) 두세 개를 쳐 내면서 나는 몸이 휘청이는 걸 느꼈다. 칼끝이 약간 부러져 나간 듯했다.

도객이 내 쪽을 보며 설핏 웃었다.

"어린 나이에 제법이군."

하지만 나는 여유로 되받지 못하고, 등을 돌려 필사적으로 도망쳤다.

'무겁다!'

내 내공은 만년보련의 뿌리 덕분에 몇 단계 진보해 있는 상태다. 하지만 도객이 제대로 펼친 것도 아니고 남룡제와 격돌하면서 가볍게 넣은 견제 공격을 받아 내기가 힘들었다. 도객의 진짜 실력은 나를 삼 초(三招) 이내에

쳐 죽일 수 있는 무시무시한 수준이란 걸 깨닫고, 나는 급히 그들이 싸우는 전장(戰場)에서 이탈했다.

다행히 네 명의 초고수는 남룡제에게 신경을 집중했는지 내가 물러나도 별다른 공격을 하지 않았다. 내가 십여 장 정도 물러났을 때 남룡제가 다시 육합전성을 보내왔다.

"도망쳐라! 이 넷을 상대로는 나도 승산이 반반이다. 살아남는다면 황도의 자달(紫撻) 선생(先生)의 집에서 보자."

쿠웅!

그때 태양이 마치 무너지는 듯한 광경이 보였다. 흑황령이 다시 몸을 안개처럼 변화시켜서 하늘 높이 치솟아 올랐는데, 그가 모은 암뢰(暗雷)의 기운이 지상에 내려치기 시작한 것이다. 나는 번개 하나하나에 금강불괴도 태워 죽일 힘이 있다는 걸 깨닫고는 기겁하며 나무숲 쪽으로 뛰어갔다.

나는 뛰어가면서 필사적으로 남룡제에게 전음을 날렸다.

"예화에게 당신 부상을 치료할 만년보련이 있습니다! 반드시 그걸 복용……."

남룡제가 안타깝다는 듯 한탄했다.

"그럴 여유가 없겠구나. 이자들은 신룡전(神龍戰)에서

완성되어 나왔으니, 내가 오늘 살아가기가 힘들 듯싶구
나."

신룡전!

나는 남룡제에게서 다시 그 단어를 전해 듣자 마음이
무거워졌다. 성구몽 장로나 태월하 장로, 그리고 남룡제
도 신룡전을 알고 있다. 대체 그게 무엇이길래 천하를 오
시하는 초고수들조차도 쩔쩔 매게 하는 위력을 지니고 있
는 걸까?

생각은 오래가지 않았다.

나는 달리고 또 달렸다. 천지 모르고 날뛰어 봤지만,
이 세상에는 나 혼자의 힘으로는 도저히 감당할 수 없는
막강한 존재들이 있다는 걸 절실히 느끼면서……

쏴아아아!

얼마나 달렸을까. 어느새 하늘에서는 비가 내렸다. 이
일대에 비가 내리는 일은 좀처럼 없다고 하는데, 아마도
초고수들이 급격히 기운을 변화시키는 바람에 기상도 변
화한 것이리라. 나는 나뭇잎을 타고 물 냄새가 흐르는 걸
느끼면서 나뭇둥걸에 몸을 기댔다.

털썩!

"후우…… 후우……"

전신이 물 먹은 솜처럼 피로에 감싸여 있다. 노곤해져서 당장에라도 잠들고 싶은데, 뜻대로 되지 않는다. 잠들면 바로 죽을 것만 같아서 생존 본능이 용납하지 않았다. 나는 필사적으로 눈에 핏대를 세우면서 생각했다.

내가 모르는 게 너무 많다.

내가 못 이기는 자가 너무 많다.

이 세상은 무협소설처럼 만만치 않다…….

나는 예화와 남룡제 덕분에 살아남았다는 사실을 인정해야만 했다. 만일 그들을 만나지 않고 내 멋대로 천산에 오려 했다면 예전에 잡혀 죽었으리라. 지금도 남룡제의 희생 덕분에 간신히 달아난 거나 마찬가지다.

나 자신이 마치 역병(疫病)처럼 생각되었다. 내 멋대로 설치고 다니는 동안에 주변에 폐를 끼치고 있었다. 단지 소설에서 보았던 것처럼 협의(俠義)를 실천하다 보면 모든 일이 순탄하게 풀릴 거라고 생각하고 있었던 탓이다.

'이 세상에서 살아남으려면 이 세상을 바꾸어야 한다.'

나는 남룡제를 보면서 그 사실을 느꼈다. 남룡제는 조금 전에 혼자서 일만 명이 넘는 병사를 쳐부쉈지만, 결국 더욱 강한 자들이 나타나자 무쌍(無雙)의 행보를 멈춰야만 했다. 강한 자 위에는 또 강한 자가 있고, 그들이 무리

를 지으면 누구도 독불장군처럼 이겨 낼 수는 없는 것이
다.

주르륵.

"흑…… 흐흑……."

서러워져서 고개를 무릎 사이에 처박고 울었다. 빗방울
이 뺨을 타는 동안에 눈물은 소리 없이 심장을 찢었다. 도
망치고 도망치던 끝에 차가운 비나 맞으면서 울고 있는
내 꼴이 청승맞게 느껴졌다.

어째서 이렇게 되어 버린 걸까.

세상은 정말 소설처럼은 되지 않는다는 것일까?

태어나서 믿어 왔던 협(俠)이 모두 부정당하는 느낌에
가슴이 갈가리 찢어졌다.

차라리 죽고 싶다.

"이런 데서 뭘 하냐?"

"……."

낯익은 목소리가 들렸다. 나는 무심코 고개를 들어서
앞을 바라보았다.

비와 폭풍우 때문에 사방이 칠흑처럼 어둡지만, 그사이
에서도 상대는 백의(白衣)를 입고 억척같이 걸어오고 있
었다. 몸에 묻은 흙을 털어 내면서 천천히 걸어오는 상대
는 피식 웃으며 말했다.

"나 원 참, 장로님들이 하도 성화를 부려서 찾아 왔더니만 죽을 상을 하고 있군."

"당신은……?"

"일어나 인마. 사내자식이 너무 울면 흉하다."

그가 손을 뻗길래 나도 모르게 그걸 잡을 뻔했다. 하지만 내 마음속에 있는 오기와 자존심이 뻗대면서, 나는 이를 악물고 자리에서 혼자 일어섰다. 그러자 백의 청년은 킥킥거리며 나를 비웃었다.

"좋았어. 깡다구는 아직 남아 있군. 눈이 아직 살아 있어."

"여긴 뭔 일로 왔소?"

"뭔 일이라니. 내가 오고 싶어서 온 줄 아나?"

그는 퉁명스럽게 대답하며 갑자기 팔을 휘둘렀다.

쩌적!

쿠구궁!

그러자 주변에 있던 나무들이 순식간에 베어 나가면서 미끄덩거리며 쓰러졌다. 나무들이 쓰러지는 방향은 절묘하게 중심을 이루고 있어서, 잠시 후에는 비를 막아 주는 오두막처럼 되어 버렸다.

"대화할 공간은 만들어 봐야지. 빗소리가 시끄럽군."

어지간한 검술 감각으로는 어림도 없는 일이라서 내가

입을 다물고 있을 때 백의 청년이 말했다.

"이제 좀 낫군. 나는 정말 비가 싫어."

"왜 왔냐고 물었소."

"떽떽거리지 마라, 빌어먹을 자식아!"

백의 청년이 어깨를 으쓱했다.

"장로님들이 너를 호위하라고 시켰다. 특별히 와준 거
니까 감사해도 된다."

"……"

나는 속으로 욱하는 감정이 들었지만 참았다. 지금까지
욱하는 성질 때문에 일이 대개 꼬여 버린 경험이 있다. 게
다가 남룡제의 생사도 불확실하니, 지금은 눈앞의 조력자
를 받아들이고 실익을 추구하는 편이 나았다.

"그럼 도와주십시오. 알타리 사숙(師叔)."

"헹!"

유극문(有極門) 사검사(四劍士)의 일원이자, 최연소로
유극문에 존재하는 모든 무공을 통달했다는 천재(天才),
알타리는 힐끔 하늘을 쳐다보았다. 그는 희미하게 새어
들어오는 빗방울을 올려다 보았다.

"짜증 나."

알타리의 말인즉, 장로분들은 내가 걱정되어 비밀리에
그를 폐관수련인 것으로 위장하고 유극문에서 내보냈다.

그리고 알타리는 내 행적을 물으며 쫓아다닌 끝에 내가 천산에 간다는 사실을 알아낸 것이다. 그리고 이 근처에서 난데없이 기운이 흔들리면서 거대한 전쟁터가 나타났길래 서둘러 내 행적만 쫓아왔다.

알타리가 말했다.

"장로분들이 부탁하셨으니, 네가 어딜 가든 능력 닿는 한에서는 도와주마. 이젠 어딜 갈 거냐?"

나는 망설임 없이 대답했다.

"황도(皇都) 장안(長安)!"

*   *   *

쿠구구구.

남룡제와 사인방의 격렬한 사투는 약 일천오백 초 만에 끝났다. 시종일관 그들은 박빙을 유지했지만 틈을 노리던 남룡제가 갑자기 큰 기술을 연속으로 날렸고, 사인방은 공격을 받아 내다가 남룡제가 도주하는 걸 놓쳐 버린 것이다.

이미 대지는 뒤엎어지고 운석이 떨어진 양 지형이 바뀌어 있었다. 폐허 위에서 붉으락푸르락한 얼굴로 잔해를 내려다보던 흑황령이 진각을 쾅 내려찍었다.

"크으의! 놓쳐 버릴 줄이야. 분명히 유리했는데."

흑황령의 말은 과장이나 허세가 아니었다. 박빙을 유지했다고 하지만 남룡제는 네 명을 상대로 공격할 엄두도 못 내고 방어만 해야 했다. 대결이 진행되었다면 체력이 먼저 떨어진 남룡제는 필패(必敗)했으리라.

도끼를 든 거구의 사내가 말했다.

"황령(皇靈). 어쩌실 생각이오? 놈이 어디로 갈지 모른다면 추적하는 건 불가능하오."

"흥! 놈이 갈 곳은 정해져 있지."

흑황령은 코웃음을 쳤다.

"천산파 졸개들을 대피시키려고 이목을 끈 거라면, 여기서 만족할 위인이 아니지. 아마 우리를 당황하게 하려면 무슨 수든 쓰려고 할 것이다."

"그 말은……."

"황도로 가서 황제 폐하를 노리려 할 것이다. 가능, 불가능을 떠나서 혼란을 일으키는 게 놈의 목적일 테니."

"흐음. 또다시 먼 여행이 되겠구려."

"어차피 초인(超人)의 몸이면서 죽는 소리 하지 말게."

흑황령의 핀잔에 세 사람은 쓴웃음을 지었다. 틀린 말이 아니었기에 딱히 부정도 하지 않았다. 손끝에서 새파란 기운을 조종하던 여자가 질문했다.

"태오라는 꼬맹이를 잡으면 즉결 처분할 생각인가요?"

"그건 왜 묻나?"

"어쩐지 내가 아는 자의 무공이 보여서요. 괜찮다면 제가 담당하고 싶은데……."

"호오!"

흑황령은 잠시 생각하더니 고개를 끄덕였다.

"그렇게 해라. 어차피 남룡제만 잡으면 태오라는 애송이는 어쨌든 상관없다."

"그렇게 하죠."

여인은 음울한 미소를 지었다. 아까 태오가 도객의 공격에 저항할 때 검끝에서 일렁이던 파괴적인 기운을 알아보았기 때문이다.

'사룡광마혈의 공력이라…… 틀림없어.'

그녀의 미소가 한층 짙어졌다.

'명왕(冥王). 설마 신룡전(神龍戰)의 규율을 깨고 제자를 만든 건 아니겠지?'

어디서 뭘 하고 있는지는 모르지만, 신룡전의 규율을 깬 대가는 처절한 고문과 척살이었다. 아무리 천하무림에서 극강의 고수로 이름을 날리던 명왕이라고 해도 예외는 될 수가 없다. 신룡전의 총관이 그들의 영혼을 붙잡고 있는 한, 누구도 규율을 거역할 수 없는 것이다.

"그럼 돌아가자, 황도로."

다음 폭풍우는 장안에서 몰아닥친다—

누구도 알 수 없었다. 향후 십여 년 동안 회자될 거대한 사건이 일어날 거란 사실도 모른 채, 운명의 수레바퀴가 구르기 시작한 것이다.

〈『검성전』제3권에서 계속〉

1판 1쇄 찍음 2013년 7월 5일
1판 1쇄 펴냄 2013년 7월 10일

지은이 | 환 유
펴낸이 | 정 필
펴낸곳 | 도서출판 **뿔미디어**

편집장 | 이재권
기획 · 편집 | 심재영
편집디자인 | 이진선
관리, 영업 | 김기환, 임순옥

출판등록 | 2002년 9월 11일 (제1081-1-132호)
주소 | 부천시 원미구 상3동 533-3 아트프라자 503호 (우)420-861
전화 | 032)651-6513 / 팩스 032)651-6094
E-mail | bbulmedia@hanmail.net

값 8,000원

ISBN 978-89-6775-393-1 04810
ISBN 978-89-6775-391-7 04810 (세트)

※파본은 구입하신 서점에서 교환하여 드립니다.

※이 책은 (도)뿔미디어를 통해 독점 계약되었습니다.
저작권법에 의해 보호를 받는 저작물이므로 무단 전재와 무단 복제를 엄금합니다.

http://www.bbulmedia.com

http://www.bbulmedia.com